U0948499

敌人的樱花

王定国 著

译林出版社

“我做得不好，请多指教。”

——秋子

目录

想要表达的并不是悲伤

我对声音十分敏感，有时敏感到不喜欢声音。

小时候就有一些迹象，最早学会的是沉默不语，可以整天不说一句话，耳边听到的都是别人的噪音。潦倒的父亲常因为我这种古怪，突然就会一巴掌打过来，气急败坏地叫着：讲话啊，汝讲话啊。

我静静地看着他，并没有伸手捂着脸，而是看着他的手掌停在半空，当它即将又要挥过来时，我几乎已经听见母亲藏在心底的哭泣，但她只能无助地站在旁边催促着：紧讲啦，汝紧讲啦。

通常都是因为父亲突然问了什么，而我没有回答。

他大概想要进一步了解这孩子究竟怎么了，曾在下工后跑到鹿港小学的操场，那时全班为了校运正在练习走步，我那同手同脚的笨模样混在队伍中，全都被他看在眼里，回家时他两手贴在腰后，整个人瘫靠在墙上，绝望地对我母亲说：恁爸惨啰……

十多年后一个寒冷的清晨，天边犹有几颗残星，我却已经穿着草绿色的军服，缓缓踏上广场前的司令台，独自面对着营区里数百名的官兵。我挺胸敬礼，目光如炬，喉咙里悄悄咽下冷冽的以及冷冽中逐渐回温的口水。

嗯，浩瀚人海苍茫，四下寂然无声，此刻的世界就等着我了。我从腋下取出了那本手册，请他们打开第几页，旋即听见一片翻书之声在夜色天光中飒飒齐鸣。

我开始读训。全场无一人盹睡，静谧中每只眼睛荧荧发亮，我那字正腔圆的铿锵之气如同君临天下，每个声韵摄人肺腑，每到一个段落结束犹有绕梁余音。我甚且喜欢训词中那些突然出现的啰嗦长句，喜欢那可爱的逗点一路绵延不绝，让我不必急于收敛情绪，嗓音有时高亢有时忽然婉转低回，像出征前的将领振奋着军心，也像个演说家来到忘我之处几乎飞上天际。

那时的我，转瞬之间离开了沉默的躯壳……

过后不久，二等兵成了军中红人，鹿港小子王某某，开始负责编导一个团康节目，原本只在连队晚会中取乐自娱，不料接下主持棒后屡屡过关斩将，杀进营部如同探囊取物，没多久还把整个旅拿了下来。且不只这样，两个月后不仅赢得陆总部第一名，还因此跑了两次摄影棚，连续几周在电视节目中登场现身。

悠悠数十年一瞬而去，我不曾说过的这段往事，一直到我结婚、生子之后依然藏在心里。所有的朋友，以及当时只能对我摇头叹息的父母亲，至今还没听说过当年的我曾经如此窘迫与疯狂，像个哑巴突然一瞬间慷慨激昂，在那短短两年的军旅中把所有心里的委屈一次吐光。

我一直在摸索那是什么。同一个躯壳里，住着两种情感的肉体，强与弱对峙，热与冷相逼，当有一方耗尽力气时，另一方反扑回来接手残局。

我也在寻找那可怕的沉默究竟从何而来，只记得短暂的童年不停地搬家，搬家搬家搬了八次家，每个局促之地陌生荒凉，半夜从暖榻里醒来还有莫名的疑惧，害怕睡过头又将置身在另一处冰冷的寒微中。

后来我才知道那些都是悲伤。悲伤没有固定形式，不见得满脸泪水，它以沉默的姿态出现，含括着当时我的坚强、恐惧和孤单，长期把我禁锢起来，然后一瞬间把我释放。

那么，为什么那些悲伤还在呢，因为很多话还没有说完。

同样的躯体，两种不同的情感分道扬镳。

那字正腔圆的家伙，毕竟尝过了甜头，踏进了社会还保有一股铿锵之气，懂得人生没有想象中艰难，万不得已的时刻就该发声，把沉默踢到一边，只要勇敢就能说出原本说不出来的声音。

他恢复了咬字不清的台湾话，从一个基层业务员做起，面对客人难免显露慌张，有时还会脸红，却又不知道改换跑道后何去何从，只好硬着头皮撑下去，一直走到中年后的现在，伙伴们陆续走光了，他还留在路上。

另外就是那个可怜的孩子，啊，那沉默的我，十七岁开始迷上了阅读，文学启蒙来自寂寞的街头，常常独自站在一长排旧书摊的昏暗中，一字一句啃噬着文学的精髓，并且大量吞咽西方的文学主义和各式潮流，也试着把浅薄的字句写在纸上，脑海里充满了懵懂之美，在那孤寂的岁月留下了苍黄的画面。

四十年后，两种情感意外结合，完整的我总算回到了书桌前。

去年冬天，开始写作《敌人的樱花》。

初笔采用第三人称，写完首章颇为得意，节奏利落明快，人物进出满布悬疑，而且写作之笔居高临下，毫无沾染他人的卑微痛苦，真正创造了隐身幕后还能遥控生命情调的超然视野。

可惜并不符合当时写作这部长篇的初衷。

一个月后，从第一个字开始重写。同样是别人的故事，全都换成了自己的悲伤，这回不再天河辽阔，而是刻意局限在眼前所见的声影中，就像原本准备搭车穿越旷野，临时却绕进一条小路，跋涉很久才走了出来。

我在故事里没有名字，我的名字就是那个“我”，如同一粒稻穗去壳后变成白米，我也在去除“”之后恢复了想象的自由。因此，我又看见四十年前那个孤单的孩子了，他刚从鹿港小学的边门慢慢走出校园，穿着那件缩水的制服，依然还是那一副斜斜晃晃的模样，嘴角显然还挂着秋天残留的鼻涕，暮色里微泛着那孤单的潮湿的光影。

是放学后准备回家的吧，我蹲在地上，把他抱了起来。

这样一个把他人的悲剧看作自己的，而展开救赎和希望的旅程。

表面写着真爱的失落与追寻，实则放眼人生各种困境，当一个人的爱被挟持、理想被熔毁、未来被剥夺的时刻，这卑微而纯粹的故事何妨视为生命中的隐喻，用来指望一条非闯不可的道路，乃至终于不被挟持，不被熔毁，也不被剥夺。

简而言之，想要表达的并不是悲伤。

第一章

如果还没准备好，
我们可以不要开始

午前的咖啡店没有客人。这是第一个客人。戴着土褐色的渔夫帽，走进来时并没有摘下，因为他突然愣住了，他没有想到这是一间单人店，没有任何一个助手，店里只有我。

因此他来不及了。他胡乱地就着门边的椅子坐下，帽子还在头上，那张脸只好对着刚刚骑过来的脚踏车发呆，一切都像幻影，一阵风突然吹来，窗玻璃轻荡着恍如土地震动的声音。

沉默中免去了任何应对或者点单的程序，我像个机器人般取出杯盘，当磨豆声嘎嘎响起的瞬间，小小的店里马上陷入更为怪异的死寂。

咖啡喝不到一半时，他站了起来。

我提前一步推门出去，避免听见任何一句话或者让他买单，并且走到外面的路口等他离开。然而等了很久，他一直没有出来。我回头望了一眼，才发现他虽然走出了玻璃门，却独自坐在廊下的花台猛吸着烟，那根烟已经吸到了滤嘴，吸到两颊都凹进去了，他却还紧咬着不放，像个输光了的赌徒舍不得丢弃它。

1

罗毅明抽完那根烟后，听说回到家就发病了。

他爬上了屋顶，那上面有一张铁椅，平常他喜欢坐在那里阅读书报，抬头刚好望得到河岸绵延而去的远山。这时应该是午后不久，但也有传闻正好黄昏，因为附近一个妇人正在阳台收衣服，她看见罗老先生突然从椅子上站起来，好像接收到一通神秘指令，没几下就跨上了栏杆。

妇人尖叫起来。邻居一个个跑出家门，里长亲自带来守望相助队的成员，从外面转进来的警车只能停在巷口观望着。罗老先生被搀扶下来时，脸色惨白，两腿还在发抖，对任何的问话一概不答。凝重的现场只有妇人的哭声，她一再对着警察描述当时的情景：她先看到一群鸽子，搬来这里五年，没有看过那么多鸽子突然一下子飞起来……

几天后我到市场购物，平常较熟络的店家明显转为冷淡了，沿街蹲在地上的摊贩们虽然生意照做，也没有几个愿意抬头看人。等我买完东西走出了视线，他们才偏着头彼此说起话来，整个小镇仿佛悄悄进行着齐声的怨怼，我只好像个罪人般低头离开现场。

不同的场合中，我也碰过几个主动搭讪的人，虽然不认识对方，他们却似乎怀抱着一种共同的情感，一开口便表达出对罗毅明先生的关心，夸扬他是小镇上的善人，待人处事亲切慈悲，他家院子外面常有流浪的街友聚集，为的就是罗桑随时随刻都会站出来赏口饭吃。

罗毅明的善举并非谣传，有个志工单位的朋友亲口告诉我，这几年来，罗每个月底都会从信合社领出一笔钱，当场分装到信封里面，除了较远的公益团体采用挂号邮寄之外，其余他都按大小封袋放在脚踏车的篮子里，然后像个勤快的圣诞老人一路分送，在这滨海的小镇散发着仿佛迎春过节的欢欣。

我还听说过一则温馨的美谈：一个新来的邮差送信到罗宅，罗毅明出门喝喜酒去了，那邮差便在院墙外高喊了三大声的无名氏，纷纷跑出来的邻居看了那信封上的署名，才知道又一张捐款收据寄来了，为善不欲人知的罗桑毕竟又得到了善报，一个新邮差从此奠定了罗毅明感人肺腑的无名之名。

自从罗毅明发病以来，种种的怀念就像昨夜的冷菜再热一遍，所有的赞美集成一曲旋律，日夜穿流在小镇的街头，听了再听还是极为温馨感人，尽管在我回味起来是那么完全两样的悲哀。

但不用怀疑，我刚认识罗毅明的时候，对他也是同样充满着敬意，我甚至认为倘若这个社会没有他，我们作为一个人是不完整的，若是遗漏了他的风采，我们永远看不到一个温暖的榜样。

就算后来发生了那件事，把我刚起步的人生完全毁坏，我仍然没有对外声张。外面的世界需要和谐，小镇还在享受着一个英雄散发出来的荣光，我只好随俗地期待他能够活着；唯有让他清醒地活着，偶尔感受一下那些掌声所隐藏的嘲讽，偶尔体会他人痛苦所带来的折磨，这样他才记得有个人永远不会原谅他。

因此，当我得知他突然发病的这一刻，坦白说，我的心顿时纠结起来并且痛入了骨髓。严格说来，我非常伤心。

2

我去过的罗家，是一幢稀有的古老建筑，四面没有一块瓷砖，上下全由铁件、老木头和宜兰石搭配着黑瓦建构而成，为数颇多的短柱撑起了屋宅的基座，两层楼房浮出地面三尺，门前的院落横列着一条长长的穿廊，走在上面时木地板发出咯吱咯吱的叫声。

五年前第一次的见面，我还记得罗毅明说了这样的话：这是父祖辈留下来的资产，不是我的，帮忙看管而已，我真希望赶快提前退休，免得银行又把我调来调去，一直都不能把这里当家。

尽管他那么谦逊，我还是仰慕着他的资历背景——他在独霸着金融业的大商银里担任要职，掌管着整个中部地区的贷款业务，可说是个位高权重的资深大经理，平常住在银行宿舍里，逢到假日才有机会回来乡下这个老家。

罗毅明回家算是度假，每周留宿一夜，通常只有一个短暂的早晨供他清理杂荒。我和秋子到访的时候，他已经把落叶耙成一堆，地上也扫净了，忙着蹲在水塘边匆匆洗手，准备带我们经过穿廊走进屋中。

他边说话边拭着额头，汗水穿透了上身的条纹衬衫，脚下还套着短筒的黄雨鞋。我们跟进屋里，有片刻时间他消失不见，出来时却已是一身干净的黑裤白衣，喉结上的纽扣一直没有打开，以致当他开口说话时，脖子下的皱纹交错在领口边扭动着。

我觉得他既高贵却又朴实，一看就是个非常干净的人。刚开始我虽然被房子本身散发出来的气息所迷惑，其实更感激的是他独独对我们释出的热情，我不知道这种地方谁有资格进来，但至少轮不到我和秋子。我甚至在仅仅见过两次的情境中突然涌起一种卑鄙的想法：如果他是我的父亲就好了。我无法解释那种荒谬的念头，只能说从小我就经历过一个梦想的毁灭，而这又是当时的父亲无法替我挽回的。

对于拜访罗家，秋子似乎比我更为期待，她在一间摄影教室听过他义务辅导的课程，我们能被邀请到这幢首富般的古宅里，凭借的也是这个荣幸的因缘。秋子不见得处处讨人喜欢，但她对于学习某项事物颇有独特的坚持，好比还是生手的这一门摄影，她在专家面前可以快乐得像个孩子，上课时眼睛是发亮的，根本没想过那幽深的镜头有时看不到人生的难题。我想大约就因为她有这样的纯粹，罗毅明才把她当成女儿看待吧，否则这种富豪之地，我不相信有人可以随便走进来。

不仅是秋子热衷于这样的受教，我也因为担忧自己太过疏浅而尽量乐在其中。只要听到罗经理又来一声热情的邀约，再怎么难以脱身，我总有办法远从台北县境的工区赶回台中，然后载着她往海口方向奔驰。一路上我们在风中兴奋呐喊，嗓子大过了摩托车的引擎声，秋子的双手环抱着我的腰际，我们在急速倒退的风中凭着新婚的爱情勇猛地穿行。

秋子习惯坐在客厅左侧电话旁的位子，右边则是罗毅明的单人沙发椅，他们不时对着相册里的照片比手画脚，气氛热络得仿如锅子里煎着两条鱼。罗毅明甚且喜欢畅谈多年前初学摄影的趣事，也把他的得意作品铺排出来，桌上简直就像个小型摄影展，旁边的报纸、烟灰缸全都扫到空位上，就像我有时也甘愿坐在较为冷落的空位上那样。

他对秋子的指导毫不吝惜，除了解说摄影的概念与技巧，也频频拿着底片对映着玻璃上的光，俨然一位慈祥的长者站在明亮的窗边。他对着光说话，如同进行一场醉心的演讲，头发有些斑白，沉浸在那专业的教诲中显得非常动人。

至于我，那时的我，对于摄影这种需要热情才谈得出名堂的艺术，只能像个门外汉四处浏览着。房子真大，比任何一个梦境还要宽广。日式建筑散发着官舍般的气息，老木头的幽香时时飘来鼻心。我不知道一般人怎么看待这种境界，或许会生出一种绝望之感吧，会对自己的无能充满着羞愧吧？我倒是不会，小小的嫉妒当然有，却被自己的想象力安抚了，那时的我还不到四十岁，倘若他停下来等我，我至少还有二十年的岁月可以用来赶上他。

我一边胡乱想象，一边等着好学的秋子。她提出的问题有时非常古怪，譬如说暗房，进去暗房的时候要穿深色的衣服吗？譬如说黑白照片，万一刚好拍到五色鸟，哇，那怎么办？秋子的好学泄露了很多弱点，然而这些弱点却也是她的天真，就像她短发下的清纯，脸是干净的一张纸，眉头微微皱起来时，就像不小心沾到了大人世界里的尘埃。

但我喜欢这样的秋子，小小的愚笨总比聪明好，随时还有机会接受他人的启蒙，不像聪明的脑袋已经停滞在自我的算计中。何况她不笨，应该说略有一股傻气，这种特质反而使我爱她，因为我已经没有这种纯真了，她刚好可以照亮我的阴影，减轻生命中某种特别沉重的东西。

也就是说，我不能没有秋子，我看见她的微笑才能感到幸福，看见她被赞美就像我自己也沾光、得宠那般。她双手捧着夏天的热茶，静静地听着老师说话，眼睛眨呀眨，脸上晕着欣喜的光，时时放下杯子拿起她的笔记说："老师慢慢说呀，让我写完整一点。"

我相信罗毅明也被她打动了。他虽有雍容气度，却也有着拘谨的一面，开心起来时文文地笑着，牙齿含在嘴里，喜悦之情悄悄涌在沙哑的喉间。那第一次的见面，时间来到中午，他热情地留我们吃饭，我和秋子互看一眼，知道他一个人独居而作罢。倘若一切就在那天结束，留下来的印象将是个多么令人怀念的瞬间。可惜没多久我们又去造访了，那时还不到花季，窗外那棵大樱花仍然绿着满树的叶子，暗紫色的枝干在微荫的院子里映着神秘的光。

秋子离开我的时候，樱花还没绽放，我们一起失去了那年春天。

3

罗毅明突然发病，引起的骚动果然不小。

派出所来了两名员警，一个操着本地的海口音，一个大约是新进的菜鸟，一进门开始四处乱搜，看到低矮的天花板饰着一排垂帘，发现了毒窟似的，稀奇古怪地叫着，那紧张的态势仿佛马上就要拔出枪来。

他要我拿梯子给他架好，身手利落地爬了上去，那上面的夹层毕竟昏暗又低矮，只见他还在犹豫该不该前进时，突然一时的技痒吧，竟然撑着洞口两边的床板，耍起了双杠的引体妙技，于是那颗脑袋便领着勇敢的身躯穿顶而上，黑暗的顶板马上砰地发出一声巨响。

梯子被他踩歪了，一半的身体挂在夹层里，两条腿垂吊在外面。海口音的撑住梯子扶他下楼，那喊痛的声音变成了呻吟，抚着头顶怒视着我，场面变得有点滑稽。我倒了两杯水放在桌上，等他们过来展开侦查。

菜鸟警察有点不甘，捂着头皮说："搞什么嘛，上面有什么机关？"

"床，枕头，还有一台收音机。"

"外面都在传说你跑来寻仇，看起来好像都是真的。"

海口音的表示同感："有人说你卖咖啡是幌子，我想也是，这里卖咖啡就不对了，大热天为什么不卖青草茶。"他安慰着旁边这个受伤的脑袋，一边瞧着我的身份证，透过仪器操弄一番，等待资讯回应时，先把我的资料抄在一块纸板上。

仪器后来告诉他了。他突然垂下脸贴在我耳边："虽然没有前科，但你究竟怎么了，到底想要做什么？"

"我只是来这里卖咖啡。"

"街上人多的地方还有很多空店面。"

"这里比较靠近海边。"

"哼，你在这里看过一只毛蟹吗，这什么鬼地方。你骗不了我，反正和罗先生有关的都要查，你和他到底有什么恩怨，这样说好了，你真的是来寻仇的吧？坦白说啦，我倒希望这里他妈的赶快发生什么重大案件，不然我干警察已经沦落到只能抓小偷。你想做就去做嘛，把这个小镇弄得鸡飞狗跳都没关系，就是不要随便碰他一根毛，罗先生就是罗先生，我们这里只有他不能死，你最好想办法让他活着，这样我才能喘一口气……"

门外这时来了两个客人，进到店里犹豫起来。海口音的戴回帽子，领着那个菜鸟走到门口，回头对我悄声说："出了问题，我还会再来。"

我弄好了饮料上桌后，默默来到外面的条椅上抽烟，这时难免有些气馁，不过就是开了一间小店而已，卖的也只是零星的几杯咖啡，哪怕这个世界忽然没有了咖啡，小店依然还是会继续开着，别无所求地开着，只为了等待我的秋子出现。

我真的没想到罗毅明会闯进来，远看只是缓缓路过的脚踏车，像个乡间平凡人家的老者，怎么知道他突然下车了，进门的那一瞬间马上让我陷入了悲伤、恐惧和绝望。我无法分辨那是新的厄运降临或者只是一种幻影。

他看来是那么健康，一副退休不久的完好身材，身手依然矫健，否则不可能骑了那么远的脚踏车来。对他而言，这只是散步一样的悠闲，就像平常的晃荡，他会在某个曾经忽略过的角落驻足，随兴地采掠他认为有趣的、独树一格的，或者美得像梦的画面，比谁都还愉悦地享受着退休后的每一天。

何况喝咖啡对他来说也是家常，他喜欢一种混有麝香味的咖啡，不加糖，黑色的液体本身就隐含着某种深奥的想象。那时坐在罗家客厅里的我们，苦苦地品尝着，秋子喝不出那种咖啡的深意，我自然也体会不到那种遥远的气息，不敢发出任何声音，只能夹紧了双臂，惶恐地托住金色杯盘，生怕它的尊贵使自己显露过多的慌张。但我们却也知道应该要赶快闻出它的价值，不能只用舒爽的语气赞叹，而是怀抱着一种生命中的愁苦，才能严谨地迎接它的底蕴深入肺腑，从里面勾出寂寞的心灵，然后压抑着那一声非常神秘的嗝，让它在卑微的食道与喉咙之间极为羞涩地徘徊。

因此，这个倒霉的上午，他当然纯粹是为了喝杯咖啡而来，毕竟他也听到传说了，一个外地来的傻瓜开了小小的咖啡店，还特别选在荒凉的小镇最外围。这天他毫无奇异念头，就像平常骑着脚踏车那样自在，何况离午饭还有一段时间，就去喝杯咖啡吧，他在心里应该就是这么决定的。

倘若他不决定得那么草率，一切将会是原来的状态，也就不会和我一样同时陷入了悲伤、恐惧和绝望。他依然可以安静地处在自己的黑暗中，那种黑暗没有太多困扰，黑暗并不会伤人，唯有在彼此对峙的时刻，因为看不见对方，便突然害怕着失去自己，这时黑暗才会显现出恐怖的颜色，把双方推入完全看不见的深渊。

不幸的是，这个时刻他还是出发了。他或许沿着河沟堤防下的便道一路骑来，那条小路在一个大转弯处通往桥梁，他们罗家就从桥的另一端往下走，走到镇中心那间天主教堂，那附近有个育乐公园，公园的草坡上就看得到那幢日式古宅，庭院里的那棵樱树正在开着老迈的樱花。

当他沿着小路的凉荫慢慢骑过来时，啊，那时的我正在做什么，也许正在备料或者擦拭着无人的吧台，总之上天没有预警，我的眼皮也没有跳出任何征兆，自然不知道两人就要在这么难堪的处境中相逢。

堤防下的便道有点陡弯，他喜欢吹的口哨应该会在那里走调，倘若这时他忽然有着不祥的预感，那还来得及赶快折返，附近还有很多地方让他闲逛，他可以随便转进一条巷弄通往老街，也可以沿着锯木厂的大通路穿进热闹的果菜市场。

可惜他没有，如同那年还有机会守住自己的晚节，但他错过了。

4

警察来过不久，却又有个莫名的事件紧接着出现。下着西北雨的午后，一部计程车突然绕进来停在砂砾上，司机撑着伞跑到后座开门，没想到那扇门已经从里面猛地推开，一件迫不及待的长裙突兀地跨出来，毫不遮掩就冲进了车外的暴雨中。

看来是约莫三十岁的女子，使着一股狠劲跑向门廊，鞋跟却在砾石的缝隙里夹住了，用力拔起又沉下去，拐到廊下时干脆脱掉了鞋子，就在门口那把椅子上跷起了小腿，然后反复拍拭着鞋沟里的尘泥。

除了陌生，她也让我感到意外，全身显然经过一番伪饰，脸上裹着相当浓艳的粉彩，额头上面圈着紫亮的发夹，一副怪异的墨镜则因为水滑而撑在鼻下要掉不掉的模样。

如果是外地来的观光客，以她这样的浓妆应该不至于落单，起码跟着一团巴士或者三两好友成行；若说是来自本地就不太合理，镇上的咖啡族本来已经少得可怜，不可能还有人愿意冒着大雨来，何况打扮得怪里怪气，本地人的穿着应该较为日常。

我还愣在柜台边的时候，她已走进来坐到窗下，那副墨镜虽然扶正了，眉梢却凝着冷光映在黑幽幽的镜片上。我拿出水杯端来招呼时，她的声音冷冷地哼出鼻腔："你一定是出外人吧，才把店开在这种地方。"

我随着她的奚落环顾自己的四周，确实，咖啡店的立地条件很差，附近还有残破的砖窑，小路另一边筑着堤防，河沟里面则是浊水溪沿路冲刷过来的淤积，只等有一天更大的水患带着它们出海。除此之外，入夜后这里只剩下无声的暗潮，它在我的脑海中回荡，毕竟与海无关，海在两公里外。

因此我只能尴尬地笑着，并没有见怪她，坦白说她够邋遢了，头上的雨迹沿着两边发尾滴下来，满脸都是老气的残妆。

“你一个人住在这里吗？”她说。

我指着吧台上面的天花板。她狐疑地啊了声，冷漠地笑笑，完全不相信那里面可以住人。或许也是，房子本来就没有挑高，硬做一个夹层毫无道理，但它确实就是这样，底板尽量降低后，里面的净高只容四尺。站在吧台伸着手拿取墙柜上的东西时，一不注意就会摸到它的底板，仿佛碰触着每晚我躺在那里睡觉的背影。

她脸上果然露出了一股鄙夷，起身走到墙角又转回来，像是发现了一个蜂窝，正在观察着虎头蜂的出没并且防备着它的攻击。

“要睡觉的时候，你是飞上去的吗？”

“当然要爬上去，早上开店时才把梯子收起来。”

她听了并不满意，转身溜望着外面不远处那些荒废的矮屋。这时雨停了，她还不离开，看完旁边那些其实非常局促的空间后，突然一股怒气冲上来，把她花乱的脸孔整个涨红了，尖下巴不听使唤地颤动着。

“究竟为了什么，你为什么要来我们这里？”

啊，究竟是为了什么？

满脸怒气的女子离去后，我照例把桌面地板全都收拾一遍，才扛着木梯准备上楼。夹层上面只有两席大，躺下来没什么问题，比较麻烦的是必须低着头爬行，脖子不能随意伸直，否则额头就撞上了。一个学童的高度尚且勉强可以坐在床板穿裤子，但以一个四十多岁男人的骨架，除非勤加练习一只爬虫的蠕动与翻身，否则这种如同命运般的夹缝，一条小狗都嫌它窒碍难行。

这天晚上的例行动作却有些异样，当我爬到一半时，总觉得还有什么东西遗漏了，我甚至停在半空中多看了几眼。店里空间极小，任何东西都在原来的位置，我只好往脑海中搜索，想着午后那一阵短暂的西北雨，那一条愤怒的长裙，还有她那冷傲的、用高贵的鼻子说话的声音……

也就是说，在我爬上睡铺之后，终于慢慢想了起来。

虽然躺下了，我却已经无法继续犹豫一分钟，决定再从黑漆漆的夹层中爬出来，背部朝下，两脚探着外面的梯子慢慢踩稳，然后借由臀骨往外蠕动，两手分别撑在后面划行，这迟缓的动作今晚有点慌乱，以致搭接在外的梯子险些滑落下来。

我急着想要印证的，正是那一年见了罗毅明当天所写的日记。那本日记虽然没有写完，幸好还能跟着我一起漂泊，才会锁在楼下的抽屉里。没记错的话，这个女子应该就在里面，就算当时没有仔细描述，笔下至少还有罗家的气味，时光虽然过去了，日记却不会骗人，不像她全身上下的伪装，把我蒙蔽了大半天才想起来。

不就是从台北休假回来，躲在楼梯上的那个女孩吗?

我打开抽屉后，翻到了那年七月，七月里的二十三。

可惜开头只是这么写着：做客罗宅，燠热无风。

那时怎么了，心情似乎是沮丧的，字迹看来也有些潦乱，不是载着秋子去罗家做客刚回来的吗？啊，那时的我，难道已经隐藏着另一个黑暗的我，表面上绽露笑容，到了晚上却躲进无言以对的日记中。否则，那天放眼所见的罗家，门口的长廊、院子里的樱花、屋内令人心动的高雅摆设……无一不是写日记的题材，不可能什么感触都没有留下来。更重要的是，今天出现的这个女子，应该就是躲在楼梯上的那个女孩——那座透空的楼梯一直还在我的脑海里，她明明就藏身在木阶中间，显然是在偷窥，后来发现我在看她，赶紧蹑起两只光脚丫蹦了上去，像猫一样消失得无声无息。

人的岁月虽然容易消逝，某月某日却不会溜走，它一旦被文字烙下脚印，奇特的感应迟早会在某时某刻苏醒过来；如同现在，她虽然已经长着成熟女人的样貌，那轻俏的身影却还停留在那天我所看到的记忆中，仿佛一生只有一次照面，难怪当时留下来的印象反而特别清晰。

奇怪的是，日记里虽然只有短短几个字，空白的下端却勾了一个圈圈，里面躲着一个水。为什么会是“水”，那天晚上感到什么东西正在流逝吗？当年的墨汁明显地晕开了，小小的水字仿佛流泻着无言的感伤。

嗯，多可怕的连结——我终于想起来了，她虽然很快蹦上了楼梯，但显然当时还拿着一杯水，那个杯子是透明的，倒映着微弱的窗光，水杯里面则因为混合着她的慌乱而微微晃溢着，以致在她急着想要闪躲的跳动间，一些水珠甚至溅到了她的小腿上。

没想到那双小腿今天朝我走来了。

一路踩着怒气来的吧，停在廊下的时候一直敲着自己的鞋。

5

从日记里走出来的女子，不过一天光景，午前竟然再度出现了。

她先在门玻璃上敲敲，这才慢慢走进来，身上的愠怒之气似乎感应了昨天那一场西北雨的洗礼，脸上的线条总算舒缓下来。如果要我直言，她可说已经回复了姣好的样貌，一双黑亮的眼睛闪在白皙的素颜上，简直就是从当年那座楼梯上优雅走下来的原型，不像昨天只能望着她愤怒的下巴尖。

她主动递来名片，果然如我揣测，清楚地印着罗白琇三个字。我不禁为她感到难过，应该是专程请假回来的，父亲的病让她忧心了，甚至又出现了令人泄气的病情，使她在一夜煎熬后不得不调整愚蠢的行径，改以较为温婉的面貌出现在我面前。

为了表达歉意，她压低嗓音，脸垂下来，系着一只蝴蝶结的头发垂在颈后。她似乎认为我已知悉一切，一坐下来马上进入主题。

“我父亲昨晚又进了医院，医护人员甚至把他的手脚压制下来才能看诊。回家后吃了药勉强睡着，很快又醒过来，匆匆忙忙爬起来穿衣服，不知道要逃去哪里，后半夜根本就是睁着眼睛，一直等到天亮。”

当她倾诉着这样的景象时，眼睛并没有看我，而是聚焦在我的手指上，仿佛这只手把她父亲推上了绝境。我的手指当然不像嘴巴那么木讷，它还能替我发声，用指尖轻轻敲点在桌面上，听起来很像某段熟悉的节拍，但其实只因为突然面临着难解的困窘，才会弄出这么无聊的声音。

“我父亲来这里的时候，难道只喝了一杯咖啡？”

“应该是路过，临时走进来。”

“你跟他说了什么？”

“我没有说过任何一句话。”

“那就对了，你为什么不说话，你可能就是因为这样才吓到他。”

白琇小姐抿着嘴，仿佛从我的指间已经瞧出了端倪。

“你应该听过他的为人，他非常正直，容不下自己有任何一点点过错，”她对着窗玻璃上的影子说，“念大学以前有一段时间，我每天帮他洗衬衫，才发现他的衣服从来没有一丝皱褶，看得出他过得非常辛苦，每天直挺挺坐在上班的位子上，一直就是个战战兢兢的人……我做他的女儿，突然碰到这种事，不知道要怎么帮他。”

“他真的非常正直。”

“而且……”她噙住眼泪，骄傲地说，“我妈生我的时候难产，当天就走了。这几十年，换作别人早就续弦再娶，可是他没有，默默撑过来，年头年尾总是一个人，从来没听他说过一句怨言。每次我放假回家，最怕的就是他坚持送我去搭火车。你想象得到吗，他站在月台上像个军人，一只手举在空中放不下来，是那么孤单呀，别人还以为我这个女儿不回来了。”

嗯，我低声回应她，没有打断她，但其实我也不想听，只好看着外面飞过的鸟影，看着更远的天空正在凝聚雨前的乌云。当我溜望着外面的天色时，她似乎也在观察着我的脸，直到我回过头来，她才眨着眼睛赶快垂下，把她不安的凝视继续停放在我的手指上。

我一定是她心中的罪人，才使她这么惊慌又敏感。就让她静静地说完吧，我想，听她娓娓道来总好过坊间那些到处谣传的杂音。罗毅明应该感到欣慰才对，怎么还有时间生起病来，女儿正在为他粉饰着善良的外衣，把他正直的、慈爱的、寂寞的影样，透过一面干净的纸窗清晰地映现出来。

罗白琇小姐既然盯着我的手，我只好乘机打量她的侧脸，嘴唇不算丰厚，唇角却又承担着半抿半露的忧愁，使得映着暗影的弧线看起来楚楚动人。有点可惜，像她这样的女子却还穿着昨天的长裙，以她上半身姣好的条件，随意搭件普通裙子应该也是可行的，只要稍稍露出小巧的膝盖，如同罗毅明也愿意解开脖子上的扣子，一个人的真挚坦率就不会因此束缚起来。

“庙里的人打电话给我，说他跑去捐了一大笔钱，拿了收据却站着不走，不像平常挥个手就匆忙离开。原来他等着要在献金簿上签名，做好事从来不让人知道的，竟然变成了这样。那个人还说，我父亲握着笔想了很久，只写了一个四，那只手就开始发抖了，多可怕，我们家不就是四维罗吗，没想到抖了一阵后，突然在那个四底下，草草的画出一个非，变成一个大大的罪字跨在那些格子里。”

她继续说着：“你不要总是不说话，不说话就是在报复他。那天你跟他聊聊不就没事了，你故意的。不然你在想什么，难道不是为了使人害怕，才把咖啡店开在这种地方吗？何况每天晚上那么漫长，乌漆麻黑的，你一个人都在做什么，那么喜欢海呀，这里根本听不到海，要看风景别地方更多，小时候我只来过这里一次，还是坐车经过的，车子冲得特别快，一秒也不想停下来。”

秋子离开我的时候就像她这个年纪，脸上一样有着青春亮丽的气息，只是秋子说话的语调较为简短，常有一种小麻雀的单音，听起来滑亮亮，有点像是愚蠢那样的天真。这么说来，白琇小姐好像多出一种沧桑感，心里的负荷较多，使得她即便想要好好说话，语气上总是又会慢慢焦虑起来，就像一直挂在唇边的忧愁，笑起来很苦，抱怨起来却又咄咄逼人。

“我也问过县立医院的精神科医师，说那是一种自我折磨。折磨什么，要折磨多久，他是犯了什么罪？就算有吧，就算你认为他有罪吧，那就直接说出来呀。”

“白琇小姐，我真的不知道他会这样。”

“谁又知道。昨天半夜的时候爬起来吃饭，吃到一半突然放下筷子，我以为他总算要好好跟我说些什么了，结果不是，指着自己的喉咙说不出话来，原来被一根鱼骨头卡住了，我赶快拿手电筒来帮他看，嘴巴大大的啊着，鱼骨头还没找到，两行眼泪却一直滚下来。”

我忍不住问她：“后来鱼骨头……？”

“鱼骨头有那么重要吗，我已经说了那么多。”

噙着眼泪的罗白琇小姐，总算任着泪水流了下来，白手绢一直包在手里，越握越紧了，形成了一个悲伤的小拳头颤抖着，显得无助却又不愿松开。

她像是来告解的。赎罪，折磨，鱼骨头，如果再说下去，我相信还有更多的眼泪会继续流。我只好赶紧站起来走到吧台，把晾干的抹布重洗一遍，顺手拔掉了磨豆机的插头，无聊地踱出门外又走回来，再从收银机掏出铜板慢慢数，数完后一个一个放回去。当这些无意义的动作反复进行时，罗白琇小姐的眼睛一直没有离开我的背影，她的眼神充满着期盼，让我忽然觉得生命中的无奈其实也没有那么悲哀。有人要来告解总是好事，但她最好够诚恳，像爱一样真心，娓娓道出那年她曾经偷窥得来的真相，把她父亲的秘密完整地说出来。

当然，最后她还是保留了。她要离开时，外面刚好有人路过，看来是个老辈的旧识，两人就在路边说起话来，没多久竟又捂着鼻子哭诉着，那人大概是安慰着她父亲的病情吧，突然转过来对着咖啡店的招牌怒视着。

最近几日我已很少上街，非得储备一些食材也尽量挑在天未亮的早市，听到的闲话虽然较少，却已经很难扭转咖啡店逐日冷清的颓势。像罗白琇小姐这样情不自禁地站在路边频频啜泣，我想再多客人迟早也会像她的眼泪一样陆续流光。

当然我也不能只靠这间咖啡店存活，有时一整天只卖两杯饮料，碰到台风来时起码还要关门三天。我的身上当然还有一些特别的东西。假如有一天我忽然停止呼吸，医生一定找不到致死的病因，他将非常讶异我的器官一切完好，且有一种非常坚毅的顽固细胞还在血管中奔走，它们不肯离去，因为它们和我一样找不到秋子，不在的秋子让它们陷入惊慌，只能不断从四面八方死守着我的躯体。

我就是这么撑过来的。有名的高僧尚且每天还要喝水度日，我却相信只要等待秋子就能继续存活。

6

也就是说，罗白琇小姐在那当年还是青春无邪的年纪，早就瞧见了她父亲的神秘背影，才会在他病发之后迫不及待地要我伸出援手。可悲的是那时候的秋子和我，对于未来的命运还是一无所知，每次离开罗家后，我们照例逛一圈小镇的老街，吃过了当地的虾丸、蚵仔煎，这时两人的玩兴正浓，很少出门的秋子更舍不得太早回家。

“我们去海边。”她兴奋地拍着背包里的相机说。

“先说好，你可能会失望，听说这里的海没有沙滩。污泥太多了，而且以前实施军事管制，堤防早就围起来。”

“可恶，海浪一定喘不过气。”

“怎么会喘不过气，停下来就没事了。”

“笨蛋，它找不到沙滩呀，刚才你说过了。”

摩托车转往海的方向，燠热的防风林飘来浓重的鱼腥，一路都是崎岖的黄土，但我们还是非常开心。只要秋子想去哪里，哪怕是天堂或地狱，我不会丢下她一个人独行。何况去到罗家做客才有机会四处走动，平常她总是窝在家里，每个星期我搭夜车回家时，她已经倒在沙发里睡着了。

虽然只是要去海边，但我当然知道，她自从上过罗毅明的摄影课程，无时无刻都想拍出几张像样的照片来博取共鸣。摩托车还在路上震荡着，她已经拆开了相机的皮套，紧紧把它捧在胸前，像对着一只宠物那样地轻抚着，还跟它说起话来：乖乖，听说没有沙滩喔，你可不要吓坏了。

我试着减速慢行，让她可以把护镜小心转开，和路边的花生田对起焦来。往西的逆光折射在她有一点雀斑的脸上，我转头看着她时，那小巧的酒窝刚好正在荡漾着，整张脸像含着一颗酸梅，刺激且又淘气地朝我笑着。

秋子算是小号女人，个子虽不矮，骨架却是轻盈的，从她背部一溜而下的肌肤可以看到全世界最美的曲线。倘若要我挑出缺点，那应该是在脱下衣服的瞬间，那左边的乳侧会在掩藏中小小地露出童年的伤疤来。即便我们的爱情已经结成夫妇的形态，但床褥间的这道伤痕却一直无法让她脱身，她会巧妙地借由各种侧姿，把它挤压在臂下或者腋弯而形成一个羞赧的密区，不容我的手随意靠近，甚至我稍稍瞥过去的眼睛都不被她允许。

秋子只用她的右乳和我交欢。身为她的丈夫，我最心疼的当然就是她左乳上的委屈，甚至平常我们不在一起的时刻，只要脑海中出现想念的秋子，首先映入眼帘的往往不是她的形影，而是那藏躲在臂弯里的小乳房，宛如一只凄迷的眼睛对着我幽幽思念。

那么，当她面对着罗毅明的时刻，她是照样掩饰着它呢，或者因为他只是个很快就能遗忘的男人，她因此可以暂且地放荡起来，把她一直束缚的、难为情的秘密，用一种反而较为解放的睡姿仰躺在我所看不见的床第中。

那时的罗毅明会是怎么说，你这伤疤怎么来的，还会痛吗?

倘若我们失去了深爱的人，那便是整个生命都失去了。这些年，逐渐地，我对秋子那隐秘的部位虽然逐渐淡忘，却只要看见别人拿着相机拍照，竟然就会不由自主地哀伤起来。那歪着脸颊专注于瞄准对焦的表情是那么令我厌恶，与其疑惑那只乳房是否忠诚，其实我更畏惧着相机那种黑森森的东西，纵使它只对着一个与我毫不相关的陌生人，却总是让我觉得黑色的镜头正在凝视着我的悲哀。

尤其那种笨重的单眼相机（即单反相机，下同），它会使我无端地恍惚起来，觉得秋子就在每一台相机后面眨着眼睛，而站在她旁边的当然就是罗毅明的身影，他帮她调弄镜头，指点着彩色世界里忽然慌乱起来的迷津，调整再调整，依偎再依偎，包括秋子的站姿、手指、细微的呼吸以及忽然迎风飘乱的发丝。

当然，在我们刚开始前往罗家或者海边的路上，什么事都还没有发生。如果那是一条歧路，也只是忽然出现的歧路而已，没有人知道它即将通往黑暗的幽林，何况沿途还有绮丽的风光，我们甚至为着迷人的景致而一路充满着欢喜。

后来，我们的摩托车终于来到了现在的咖啡店这个地方。

河沟上那时已经筑起堤防，附近一个人影都没有，小镇好像把它遗忘很久了，堤防上只有一丛丛孤单飘摇的芦苇花。秋子拍拍我的肩膀，等着我把摩托车停下来。

“你看，芦苇都在挥手，好像情人就要分开了。”

按下了快门的秋子，脸上挂着少女般的惆怅，突然戏谑着说：“如果被你抛弃了，我就每天来这里等，记住喔，我是认真的。”

命运来敲门的时候，莫名的悲剧往往就是当年的戏言。

倒是秋子说错了，离开的人是她自己。如同刻在木头上的店名，我怕她路过时没有留意，四个字体特别涂上了白漆：离家出走。

7

镇公所的门外热闹极了，罗毅明当选了好人好事代表。我在路口转角就听到了爆竹声，噼里啪啦炸醒了整条街，炸开的炮屑飞在烟雾里，有些未爆的则被雨后的车轮卷走，像隔夜的烟蒂横躺在路中。

布告栏除了贴出红纸，旁边还有一篇告示，感性地诉说罗的事迹并且衷心为他祈福，文字或许出自女性的手笔，通篇充满了谢意和感伤。小镇难得跃上新闻版面，剪报贴满了四周，使得罗毅明三个字又被翻腾一次，他站在那些公益活动照片中开怀地笑着，脸上满是光灿的神采，任谁都看不出几年后他会突然倒下来。

如今的世间，想要好好做人是那么艰难，想要好好做事也不见得如愿，像罗毅明这样又是好人又是好事，不容易了，难怪镇公所临时抽掉了摊贩管理规定、畸零地重测和节约用电的呼吁，空出一大块版面来辉映着这桩多年难见的荣光。

时序进入八月后，艳阳底下的柏油晒得瘫软，店门外铺着砾石的小路频频折射出金属的光。没有客人的时候，我干脆抓来一大把石头坐在廊下，相准了挖空的小洞，一颗接着一颗丢回去。每天重来几次，慢慢地丢掷，每丢一颗大约赚到十秒钟的飞逝，想象它们是一只只的小青蛙跳进田里，总有一天会蛙声大作，陪我一起呼唤那些还在沉睡中的芦苇。

小小的店持续焖在阳光大锅里，幸好这段时日还算清闲，罗的病情虽然时有所闻，但也没有更坏的消息了。只要撑过了暑夏，秋天很快就会露脸，堤防上的芦苇每每抽穗一分，总有一天它将开始对着落日款款摆动，那时说不定就会有人悄悄走来，一路掩在白色浪里，身上带着海口那边吹来的风，头发散了，裙子飘起来，像个刚醒过来的梦境那样逼真。

我正欣慰着八月的脚程快要走完时，连续几天却又觉得慢了下来，不得不相信那是一种奇妙的感应——原来有人正在远方写信，那支笔在孤灯下婉转有声，感慨的愁绪悄悄向外蔓延，仿佛整个季节都停下来等她，等她写好了信，等她慎重地扔进邮筒，这时四周才缓缓吹起入秋的风，红透了的凤凰花这才零星地掉下来。

这封信写了三张纸，后面落着罗白琇的署名。

我大致看了一眼，本来毫无期待，没想到白琇小姐说了这样的话：

代父领奖那天，我没有参加，我想还不如写信给你，因为只有你知道我父亲应该怎么做，对吧，只有你救得了他。但是我也想过了，这不可能吧，如果我是你，应该也不会期待他好起来。

可是，我毕竟不是你，何况他又是我父亲。

她的字韵看来是娟秀的，可惜处处用力了，笔墨的浓淡很不均匀，想是中途换了笔，或是写了一行就停下来思考，该是折腾了很久，满纸都是沉重的讯息。然而接下来的一段，猝然把我的心抽痛了：

那时候家里常有访客，专挑父亲回来度假的时间，除了乡里几个旧识，很多都是不同行业的商人，父亲后来不胜其扰，干脆就闭门谢客了，唯独你们夫妻受到礼遇，每次人还没到，他已经穿梭在院子里。

其实直到今天，我依然怀念那个姊姊，她好亮眼，整个客厅好像只有她。我感谢她带来了笑声，这是我家少有的，难怪父亲那么喜欢她。

如果他的人生因此有了改变，那也是从这里才开始的吧。

啊，这样的白琇小姐，两个月来她顿悟了什么，竟然愿意让我走进她的内心深处。那神秘的线头终于被她撩开了，显然她已不想继续隐藏，才会主动提起了情感世界里的父亲。

然而往事的叙述却也在这里煞住了，她转了个弯，谈到了父亲的妹妹。这段日子虽然都是姑姑协助看顾，但临时也有自己的忙处，因此她决定轮班回来帮忙。白琇小姐说：

我想利用每个礼拜回去一次的机会里，请你也给我机会，让我可以安静地坐在店里，我将不再扮演一个讨厌的女人，你也不用回答任何愚昧的问题。假若以前真的发生过什么事，那也是当时的我无力挽回的，看在那么软弱的我的分上，原谅我吧，让我成为一个人质坐在你的面前。

8

于是初秋以来，每个周末下午，白琇小姐的车子就会从桥头那边转进来，慢慢滑入门前的砂砾小路，然后停在咖啡店侧墙边的草地上。她并不急着下车，店里如果还有客人，她会坐在挡风玻璃飘着竹影的驾驶座里等待，直到稀落的桌间最后一人起身离开。

刚开始的第一次她直接走进来，发现里面还有客人，只好躲在柱子旁边，拿出一本书慢慢翻阅，偶尔转动她肩上的头发，从外面的树梢辨识着海那边吹来的风向。九月的季风并不强，从两公里外的海口往东奔驰后，到了河沟这边已经剩下微弱的尾声。但白琇小姐显然不是为了听风而来，她也不想专注在眼前的书页里，一个人只是偶尔喝点水，像猫一样小口轻沾，然后噙在嘴里，最后才像含着一股心事般慢慢吞下去。

两个月来，为了摸索出店中较为清淡无人的时段，她从餐后容易枯等的午间，延缓到下午三点才出现，后来又悄悄改为五点，最近的几周似乎摸熟了门路，开始挑在晚餐前咖啡店即将打烊的黄昏。

她应该相当辛苦，每个周五的深夜从台北赶上刚开通的末班高铁，然后在中部的乌日站转搭最后一班的接驳车。我不知道一路上她想着什么，但可以想象她在摇晃的归途中应该非常疲惫了，毕竟还要准备第二天的见面，如她所说，像个人质坐在我的面前。

每次闷声不响地坐着，对一个年轻女子来说，其实也是一种苦刑，我怀疑她是不是许过愿，刻意采用这种毫无意义的折磨来挽救她的父亲。时间一到就来，时间晚了却不见得马上离开，为了达成如她信中所言的不想令人讨厌，果然安静地坐着，好比一个善良的债务人，每隔一段时间就会主动露脸，证明自己没有逃跑，随时都在为过去所犯下的罪过而奔走。

白琇小姐当然不是什么债务人，对我也没有任何负欠，纯粹只是因为生命中大概面临着相同的困境吧，才想用这种消极的作为来寻求化解。而且，她显然为了表现一种无声的苦谏，从来不喝这里的咖啡，似乎也想证明自己不是为了追求浪漫而来。一个这样的女子当然容易引人侧目，难怪当她发现店里有人时，宁愿藏身在树下的车子里，哪怕累得歪着头睡着了。

只愿意喝水的白琇小姐有时却会带来亲自做的一些糕点，她自己会去吧台拿来几个瓷盘，把不同的糕点摆好放到桌上，肚子饿时一个人独自品尝，偶尔配两口开水，慢慢咀嚼出一副好像被人遗弃的模样。每次带来的糕点都有剩余，事实上所剩颇多，离开时却不拿走，似乎看准了有人舍不得把它丢弃，会在她离开后悄悄拿来当作晚餐，简单撑过一个男人的漫漫长夜。

她一定认为我很悲哀。

因而上个周末，她还带来了小罐的茶叶，取出一条茶巾铺上桌面，茶具摆好之后，还走到门外剪来一节青竹，当下便把简单的茶席布设起来。那时外面渐渐昏暗了，她所等待的或许就是这种独处的氛围：海滨的小镇，全然陷入寂静的咖啡店，店里只有她和我，两人看着炉上的水壶慢慢滚出白烟。

“这样的话，我们谁都可以冷静下来。”她说。

“白琇小姐，其实你可以不用这么做。”

“嗯，今天我多话了。”她把倒好的茶汤推过来，勇敢地把她凄楚的眼神投在我脸上，“以后叫我白琇就好。”

白琇小姐，我停顿下来，想了很久。

“罗家都是高尚的人，我这样称呼你，感到非常安心。”

她没有回答，眼里却又噙满泪水了，把脸转开后马上掉了下来。

我望着窗外缓缓降落的黄昏的光影，望着风中的竹叶刮着窗玻璃，这时燕雀回巢的叫声喊喳得让我有些沮丧，平常这个时间已经拉下铁门了，她却似乎才要展开自己的夜晚。外面的阵风总算停下来时，我听见她说：

“你可以放一点音乐。”

我照做了，回到吧台顺便洗了几个杯盘，这时音乐开始流淌，从背后看到的白琇小姐正在注水温壶。坦白说，她的举止细腻优雅，提壶的高度十分匀称，置茶的手姿也极为轻巧，倘若她只是一般过路之客，别无所求而来，这样的海滨之夜其实真的非常动人。

可惜她不仅有求而来，且是一步一步铺陈着委婉的气氛。只要想起她在那封信里的伏笔，我难免就会怀起一份戒心，她谈到了秋子却又倏然止住，究竟为了什么，如果是为了诱使我追问那些真相，其实我已经不想知道了。我的遭遇，还有秋子的，我们何尝愿意别人轻描淡写地随口说出来。

我甚至怀疑她正在酝酿一种不能称之为爱的情谊，打算用它来软化彼此间的关系。就像一场厮杀过后突然伸出温暖的手，她这样安安静静反而让我忧心，什么时候会是她的忍耐极限，她不可能一直这么委屈着自己，时间到了说不定就会匆匆起身，用她愁苦的泪眼告诉我：你看，一个人质该做的我都做了，还要怎样，可以把店关了吧，马上就离开我们这个地方。

天下没有白吃的糕点，自然也没有白喝的茶。

茶席快结束的这天夜晚，她却问了奇怪的话：“你有宗教信仰吗？”

我摇着头告诉她，我曾经相信过任何人。

“唉……”她的声音充满疼惜，“难怪你没办法走出来。”

“我好得很，其实你可以不用再来了。”

“不行，我一定要想办法唤醒你的灵魂。”

9

要来把我的灵魂唤醒的白琇小姐，坐在车子里睡着了。

一整天只有两个散客，到了傍晚才拥进一群寻访湿地的男女，他们在回程中把店里坐满了。客人中有几个是年轻的教师，个个带着相机，里面应该已经填满了燕鸥、小水鸭和那些招潮蟹的掠影。他们的笑声颇有兴奋过头的侵略性，对这间咖啡店的存在充满好奇：一天可以卖几杯啊，晚上这里还会有人吗，真没想到这种地方……

当他们喝完饮料离开，我把铁门关到一半时，才想起这又是白琇小姐的周末，赶紧看看窗外，果然那棵树下已经露着一截白色车身的尾巴。她听到关铁门的声响才急急忙忙爬出车子，跳着碎步从铁门下的空隙溜进来。

进门后的白琇小姐却完全让我傻了眼。撞入眼帘的是短裙下的一双大腿，雪白的膝盖仿佛对我倾诉着，我不敢细看她的腿身，只知道今天她这条裙子未免过短了些，我一度怀疑她是临时把裙摆撩高了，但她的两只手明明畏寒似的抱在胸口上。

我只好看着她的脸，瞌睡后的残红还在，额面上却意外明晰地亮起来，原来她还把头发剪短了啊。不只剪了头发，是把一头长发全都剪掉了，剪到耳根下才罢休的样式，使得平常闷在发丛里的颈子忽然光裸地雪白着。

我为这样的白琇小姐感到不解。

当然，白琇小姐有她美感上的自由，何况我的审美观向来也不见得准确，美丑的认定都凭一时的感觉，我认为太过妖丽的美往往都是丑的反射，反而伟大的丑有时却又是美的化身。白琇小姐的美丑与我无关，我也不觉得她的尺度有什么问题，裙子短到弯腰时露出底裤的人照样走在街上，裙子长到像她以前那样拖泥带水也不见得就是优雅。刚刚好才是美，像她今晚的短裙其实并不差，不会让人感到猥亵，我特别讶异是因为她以前不曾如此，一个长裙女人忽然裸出大腿，虽然予人鲜亮之感，但实在很不适合出现在她与我之间。

她在水槽边兀自忙着什么，那奇怪的背影让我更想发发牢骚。

说到短裙，两腿打不直而哆嗦在冷空气里的大有人在，这就是误解了美，如果脱掉后只剩一个被抛弃的肉体，还不如像以前那样把全身包起来。短发也是一样，不见得每个女人都适合短发，有人是为了表现阳光灿烂，有人则是刻意剪掉情伤，像白琇小姐这样无缘无故剪了短发来，我就不明白她除了想要对我揶揄，究竟为了什么要如此勉强自己。

秋子的短发就很自然，至少刚认识的时候她就短发了，最长只留到下巴对过去的颈下，发尾是那种修尖下来的款型，很像一只小狐狸凝视着颈背底下的雪景。秋子的脸蛋小，身高也较细挑，说起话来恰似小鸟唱歌，假设这样的秋子忽然蓄起了长发，难得生成了一股仙气，迟早也会被她自己短促的声腔吓跑。

当然，我希望这些只是依我所见的错觉。此刻的白琇小姐似乎就很满意自己的改变，她的眼睛跟着自己的感觉笑在一起，从水槽那里擦了手过来时，嘴角是上扬的，不像以前还要矜持地闪躲开我的眼睛。

可以确定地说，今天的白琇小姐从头到脚换了一个身体进来了。

也是因为这样，才让我生起反感，为什么她要把头发剪成了秋子。

“你一定非常期待。”白琇小姐说。

她走过来把前后两张桌子稍稍挪开，退到后面看了几眼，再回来调弄一下边角，然后拿出一块深蓝色的古布在空中抖开，布面右上角衬着些许印染，几片斑灰的白点看起来很像一枝梅花的剪影。

要把我的灵魂唤醒之前，好像先要从这块布里面变出一只鸽子。

我在心里笑着，想起那时她从雨中跑来的狼狈样，想起那封信里她说要成为我的人质；而此刻，现在，这一瞬间，来到小镇已经半年多的这天夜晚，我竟然被她发现自己的灵魂不见了，还要让她拿着一块布来把我唤醒。

她在桌上铺好了印花的古布，指着外面关了一半的铁门，我懂她的意思，事实上也已经天黑了。东边的初月虽已微晕出来，海口地方却还是一片黯淡的荒凉，等我把铁门拉到底，屋里的灯色这才浓郁起来，海沟那边的杂音跟着消逝得无声无息。

“你再把窗户关紧，窗帘也要拉下来。”

我都照做了，顺便问她要不要再放什么音乐。

“可以不要。”她说。

“如果要做什么法术，先说好，这里没有蜡烛。”

这时她就不回答了，眼睛眨了两下，等着我坐下来。

由于不便一直看着她，我只好看着刚刚拉下的铁门，看着夹层上面的我的背影，还有初夏咖啡店开幕时留下来的那几个小盆栽，当这些那些荒谬的东西再度映入眼帘时，心里突然又像平常一样沮丧着了。

幸好温柔的白琇小姐非常贴心，这时她的上身忽然前倾，浅浅地笑着说：“没关系，如果还没准备好，我们可以不要开始。”

第二章

我仿佛在自己的梦中说话

凯迪拉克，我梦中的黑色旗舰，庞然大物般的豪华房车，像一艘船载着我沿路巡航。司机在椅背后面拉上了白丝幔，车后座顿时隐秘起来，四周寂静无声，只有怦怦跳的杂音来自我的内心，我像个刚得手的小偷坐在一间私人包厢里。

我试着打开窗边的遮帘，车头两翼飘扬着橙红色的旗徽，春天吹来的风带着熏眼的暖阳，一切就像梦境那般难以想象。通常就是这样的时刻，我又会想起父亲的身影，他被钳制在某个特别阴暗的角落无法脱身，否则我真希望他也坐在旁边，暂且甩掉他的长筒雨鞋，享受他额上的汗水变成了流淌的音乐，而且我会要求司机慢慢开，时间没有那么急，我父亲还有很多时间。

我不知道那天晚上他想着什么，为什么骑着那台脚踏车拐往不同方向的深潭。不到二月的溪水是那么冰冷，很多妇人早就不在那里洗衣了，他却为了取暖而潜入水底，留下我一个人抱着母亲痛哭。

1

啊，白琇小姐，人的意识从婴儿就开始的吧，如同最初的快乐从第一双球鞋开始，或者我们的梦想往往也是从爱一个人开始；种种的生命体验我们应该都经历过了，很少有人例外。

然而什么又是灵魂，白琇小姐如何唤醒我的灵魂？除非你也在场，你看过我的八岁童年——这天清晨我已经穿好了鞋子，你来把我唤醒吧，因为我就要出发了，即将面对的是一种悲欢交错的人生体验。

鞋带是我自己绑好的，书包也挂上脖子了，我多么期待这一天的入学，阳光已经爬上屋檐，我急着拖住父亲往外走，他只好把喂了一半的碗搁下，留下母亲一个人坐在泥地上。

我们走到街上时，父亲放开了我的手：“嗯，我们从这里开始跑。”

虽然急着赶到学校，我却又舍不得全新的衣服被汗水弄脏。

“那——我们跑一小段，快到校门口再停下来用走的。”

我听了父亲的话，一口气就把他抛在后面了。

回忆起来，事实上那天他也赶着时间，他就在我即将就读的学校里工作。一路上我毫无新生的羞涩与抗拒，只想赶快找到自己的教室坐下来，因为父亲让我感到骄傲，他每天进出学校都没有任何人阻挡。

校门口站着很多家长，几个校务人员热心引导着报到路线，我们差几步就要进去时，一个高年级的学长扯着怪声叫着，“老张喔，你今天迟到啦。”

父亲笑嘻嘻没有回答，但我还是相当得意，一个人老远就被认出来，可见他是个有头有脸的人；就算邮差每分每秒骑着脚踏车送信，也不见得有人知道他叫老张或是老黄。

这天父亲把我交给老师后，很快就消失了踪影。我在第一节下课钟响后站在走廊等他，到了第二节课结束时他仍然没有回来。我虽然有些失望，但也知道开学当天他应该很忙，若不是校务工作把他耽搁了，那就是学校还有更重要的任务要他处理，否则他不会没有交代就把我丢下来。

最后一节课开始的时候，我没有走进教室，我怕被人发现而挑着墙边走，看到有窗的校舍就踮起脚尖仔细瞧，但没有一个人是他。找到后来，我甚至来到了校长室的门口，墙壁上的牌子让我全身冒起鸡皮疙瘩，我以为我终于找到他了，可是又觉得太过意外，一时无法承受那么崇高的想象，我的胸口刹那间怦怦地跳撞着。

校长是个老女人，眼镜垂在胸口，两条链子跟着她的手晃动。

后来的画面是他穿着一身全黑的橡皮衣，脚下是笨重的长筒雨鞋，蹲在铁皮屋的灶台下用力刷着脏污的地板，旁边则是整排靠墙的锅炉，瓷砖的台面摆满了瓶瓶罐罐的油醋和一堆堆的菜蔬。厨房口一阵热浪袭来，最里面有两个白色洞口不断搅动着抽风机刺耳的声音。我看见他的双掌叠在塑胶红毛刷上，拼命地刷啊刷，刷完了冲水，冲水后又继续刷，声音被机器吸走了，视线被红毛刷吸走了，他完全不知道我从头到尾站在后面看着他。

我没有喊他，悄悄离开那间铁皮屋后，挨到了放学钟响才混在别人的队伍中走回家。这时我的母亲依然坐在地上，但她自己移到屋子里面了，我帮她擦掉口水，她却因为高兴反而流出更多。

父亲回来后问我上课情形，能不能适应，有没有交到新朋友？我说了几个名字，那是我第一次说谎，把巷子里的玩伴一个个念出来。他没有受骗的反应，但也没有任何回答。

此后的三年，我再也没有一次和他同时走进学校。每天同样的早晨，我借故躲进厕所或者再把书包整理一次，让他一个人先走，我随后转进一条巷子再冲出马路，然后在平行的棋盘巷弄中急奔进入后门的校园。

小学四年级，房东要回了房子，我们搬到离学校更远的地方。那间屋子更为破陋，可喜的是屋前有个狭长空地，墙头爬着一棚丝瓜。丝瓜藤开花的季节，蜜蜂到处飞舞，它们通知了野外的蜻蜓，有时麻雀也会飞来，很多我不认识的昆虫都来土堆上筑洞，白天的母亲总算有了说话对象，她每天嗯嗯啊啊的喉音慢慢变得轻快好听。

学校变远了，我不得不和父亲一起出门。有人送他一台很旧的脚踏车，我侧坐在他后面的椅架上，方便碰到田陌外的上坡时赶紧跳下来。半个小时才能抵达的路程中，我们很少说话，来到校门口附近的土地公庙时，他就会停下来，要我下车和他一起拜，拜完后他留下来和土地公说话，让我直接进去学校不用等他。

半个学期不到，以他为首的互助会突然被人抢标潜逃，那段日子常有人跑到学校找他催款，有的投诉校方，有的眼睁睁看着他跪在地上请求宽延。很多不堪的场合我都碰上了，但我只能躲在一旁偷看，就像第一次发现他杂工的身份时那般。

第二年春天，家里开始有人上门，来的时间都在晚饭前后，人数到齐了就把门关起来，那是灶台后面的一间空房，他们躲在里面打牌。父亲一边看我写作业，每个小时就会进去倒茶换换烟灰缸，半夜再跑出去买些点心饮料回来，有时会把一包糖果悄悄放在我的床上。

我看过他们环坐的圆桌，每个人手上都有一把钱，圆桌中央堆着更多的钞票，当最后一张扑克牌掀开时，赢的人就把那些钞票扫进自己的钱堆里，然后抽出一些零钱赏给父亲。那是我对金钱的初次概念，有了钱之后，他买了变速脚踏车，还把母亲送进医院躺了三天再带回来。我们家也买了第一台电视，那年四月发生了三十多名师生溺毙的苏澳沉船事件，我还记得当“教育部长”的蒋彦士辞职下台。

有权力的部长丢了权力，没有权力的父亲想要靠着别人聚赌来翻身，那时我对权力的景仰虽然开始动摇，反倒发现了金钱最为重要，钱让我的母亲在各种药物的治疗下出现了奇迹，她会缝补我的袜子了，虽然手脚还很笨拙，但她补好了袜子咬断线头的那一瞬间，我在旁边蹦蹦跳跳地哭了起来。

那时我的脑海里开始出现了钱的概念，如果有了钱，老张为什么还要刷地板，或许母亲也不用经常坐在地上了。我想了很久，终于想到自己应该也有办法——当我睡觉时，如果有一种东西还在默默地为我赚钱，那多好啊，那漫长的睡眠时间就不会浪费掉了。

栏圈里的那只小羊就是这么来的，黑色的，颈部有一团白灰，咩咩的叫声有点沙哑，毕竟它还不太适应，就像我也是念到五年级才适应下来。

每天清晨，我起床第一件事就是跑到栏圈外看看它、摸摸它，它的进展比想象中缓慢，但它的确是我成长过程中的第一个愿望，那里面混合着我对父亲的恨意和柔软，我默默期待把它养大后直接送给他。

我曾经告诉秋子这段往事，可惜那只羊的结局来不及说完。除了那只羊，我也很少提到自己的父母，我以为经由善意而隐瞒下来的才是爱，不用让她听到太多的悲伤。但是这些都晚了。倘若当时我毫无保留，让她适度承受悲伤所带来的神奇力量，或许当她碰到挫折的时候就不会那么急着离开了。

秋子不知道的还有这件事：一天深夜，那只羊突然发狂地把我叫醒，原来一堆警察站在外面敲门又撞门，没多久一桌赌徒和赌金全被带进了派出所。几天后学校辞退了做杂役的父亲，我们家马上又陷入困境，日子过得就像母亲逐渐恶化的病情。虽然丝瓜藤依旧开着黄色的花，蜜蜂照样成群飞舞，但那年的冬天说来就来——冬天的一个清晨，父亲在一条野溪的深潭中静悄悄浮了上来。

2

台北的松山路有个永春坡，那是个营区，我随着外岛部队移防回来时，就在那里等待着十个月后的退伍。那时当然还不认识秋子。或者应该说，我还不知道这个世界会有一个秋子即将进入我的生命。每到星期日的早晨吃完馒头，松山路的公车就会把我载到西门町，我在那里第一次看见城市，穿着便服在街上闲逛一整天，临近收假的黄昏才沿着重庆南路钻进一家家的书城，然后慢慢走到转角的骑楼下等车归营。

那是我唯一认识的台北，热闹且又充满机会，没有家乡的荒凉，也不像马祖岛域四面环海那般空茫，这个城市以它的热闹繁华带来了一种陌生的幸福感，我以为从此以后自己也将成为这样的人。

我的错觉其实就是错的，退伍时同梯的台北兵让我借宿他家，我赶写了十几封求职信后没有收到任何一张回函。我在人事广告栏打钩的日标大抵都是行政业务的职位，以一个充满稚气的退伍兵来说，那只是相当务实诚恳的基本范畴，然而台北似乎都不愿给我那么一点点卑微的天空。

十天后的晚上，转搭公车的回程中，车子绕道停在路口，忠孝东路突然陷入平常没有的昏暗，只见黑晃晃的人群一个个躺卧在马路上。我不知道那是什么悲伤带来的感染，没有犹豫多久，我就没头没脑跟着他们躺下了，两旁的陌生人年纪都比我大，我想他们应该也是不幸的人，才会躺在路上没有回家。

一个留胡子的转过头来说："你为什么会来参加？"

"哦，不知道……我刚退伍。"

"那你一定也很急，准备要结婚了喔。"

半小时后我才知道那是轰动一时的"无壳蜗牛运动"，很多人轮流拿着大声公[①]喊话，抗议政府没有兑现住屋政策，高房价赶走了想在台北安家的年轻人。这时我才发觉自己躺错了，我看着云层遮蔽的夜空一片凄凉，想起母亲被地方人士帮忙安置在疗养院里，事实上我回去以后不仅没有房子，也已经没有一个实质上的家。

隔天我离开了台北。

退伍后见到的母亲，她并没有继续活多久，大约就是为了看我一眼，才硬撑着不愿意阖上她的眼睛。我不认为她的心智还有比那个瞬间的眼神更清明的了，我摸着她的手，那歪扭的颜面霎时宛如触电般静止下来，脸上的线条像水的波纹逐渐散去，泛黄的肤色变幻着她这一生中最美丽的红与白。

三个月后我走进一家建设公司的总经理室，那人的桌上摆着我那份几近空白的履历表。他问我既然没有任何经验为什么敢来应征，我强调说我已经准备好了，还当场念出一长串有关广告企划的工具书

---

① 手持扩音器。

名。但他没有仔细听，因为手上已经握有一堆试题，他从里面随便抽出一张递给我。

空白的试卷上只有短短一行字：

希尔顿不在克难街

我知道希尔顿，那是台北一家大饭店的名字，每次经过忠孝西路必然看得到的高档招牌。但我不知道克难街在哪里，我的台北只有松山路和西门町。我大略猜得出这个标题的原意，他们假设要在某个城市的克难街推出一个预售屋，案名虽不一定叫作希尔顿，却想要诉求品质配备和希尔顿饭店一样高级。

但我不敢冒险，我不知道陌生的克难街还暗藏了什么玄机。

我请求他换个题目，并且极力解释我对地理环境的陌生。他悲悯地瞧了我一眼，在那堆试卷中翻了很久。他是个好人，胖胖的，两手很短，好像要在签筒中为我挑出一支上上签。十五年后我在路边搭上的计程车，他就坐在驾驶座里，头壳后面都稀疏了，脖子下面一件起毛的灰背心。

结果他给我的考题是倒过来的，也就是先有一堆文字，让我看完整段诉求后，直接在文案上面给出一个标题。

那段文案并无新意，大抵就是描述一家人千寻万觅，一直找不到理想的住屋，市场上到处都是粗制滥造的建筑，直到发现了……

它的庸俗让我非常放心，让我觉得房地产广告大致就是这样了，不至于超出我能掌握的范围。因此我一点都不紧张，也不急着交卷，眼睛望着窗外街道上的招牌开始寻找我的灵感。

然而在这一刻，母丧八天后的夏日上午，我不知道自己究竟是怎么了——是太过悲伤的关系吗？竟然会在寻思中突然坠入恍惚的深渊。我的脑海里毫无动静，时间慢慢过去，我记得后来甚至还把那支原子笔横摆在试卷上。我不明白那是什么悲伤让我如此，毫无任何征兆，我突然想起那天夜晚躺在忠孝东路上的那些人影，想起父亲等我走进校园才从后面赶上来的身影，自然也想到自己现在什么都没有了……当这些很不妥当的感触蜂拥而来时，眼前的试卷非但来不及写出一个字，噙在眼里的泪水倒是争先恐后掉了下来。

那个标题后来是怎么填上去的，我已经忘记了。后来我想，应该是出于同情吧，这位总经理大概看得出我身上具备着巨大的悲伤能量，可能因而认定以后会是个奇才。那几滴眼泪到底没有白流，他皱着眉头看完那一行胡乱的标题后，慷慨地给了我三个月的试用机会。

我从此踏上了房地产的初阶，隶属于这家公司的企划部门，几个女生都是我的姊辈，她们的素描功力一流，美工打稿的效率快而准确，不像我每每为了找寻灵感几乎都要敲破脑袋。

然而脑海中的创意是最诱人的，它来自完全自由的想象空间，极度适合像我这样一无所有的边缘之人。更重要的是，还有一个强烈元素吸引着我：广告的世界容许我直接说话，可以试着闯入别人的心灵，不仅能够呼唤任何一个陌生人，甚至还能呼唤我自己；我曾经迷惑过的权力已经虚幻地消失了，如今也许一支笔就能展现来去自如的本领。

当然，上天还有安排，这时候的我其实已经走在秋子即将出现的城市里。虽然没有任何预感，但我的内心却无端充满着喜悦，每天带着微笑上班，每一件煎熬出来的作品不断受到赏识。我不知道这是不是因为秋子。一个深爱的女人即将到来前，似乎每样东西都会呈现出原来的美好，四周忽然那么安静优雅，气候反常地舒爽宜人，像一座森林频频散发出清新气息，时时刻刻一直飘来美妙的梦中。

3

白琇小姐，你看，这时的我过得多好，一个人租房子，一个人料理三餐，没有任何牵绊，漂亮的人生就要启航，只等着一个女人走进生命，她即将成为我的第一个家人。

我这个人的灵魂在哪里？啊，我帮你找找看。至少他现在拥有一个完全自由的躯壳，不用每天苦守在公司座位上，就算下着一点小雨也能借故躲起来，而且熬夜后可以直接睡到中午，有时看完下午场的电影还能悠哉地陶醉在片尾的音乐中。你可知道，他一转眼成为孤儿，只有想家的时候才知道孤单，这并不是坏事，有人不想家还是照样孤单吧，他的孤单算是有条件的奢华，这个世界太美好了，他认为没有多余的时间虚度它。

白琇小姐，我尽量不想家。可想而知，一旦我拥有了家人，譬如后来终于出现的秋子，我用生命来保护她都来不及，还能让她无缘无故地离开吗？当然，这样说可能太早，人在哪里、长什么样子都还不知道，何况这时的世界里也还没有你的父亲。你就姑且当作这是别人的故事，随意听听就好，灵魂这种东西本来就是最难捉摸的，当我说到生命中某个瞬间而让你发现它时，你可以立即喊停，也可以听完再下结论，或者也可以当作我在自己的梦中说话，你远远地看着就好，灵魂就算真的看得见，也不过就是一个卑微的灵魂罢了。

你可别以为那时的我每天充满着闲散自由，我是认真的，一切都是用生命换来的。如果终于碰到灵感忽然来临的瞬间，我的神经马上就会完全紧绷起来，哪管当时风雨大作，或是熬夜到了月落天明，我会急匆匆地跨上摩托车，把刚到手的灵感创作藏在怀中，一路奔回到公司才算真正活过来。我也曾经在晚场电影的缠绵剧情中突然起身，因为灵感又来了，我奔出了电影院，只想着抄最短的路径可以到达那里，眼前一片幽幽月光，脑海中却是晴空万里，这时的念头就是想要奔跑，最好当街飞起来，像一阵风穿过林梢。

白琇小姐，注意听，快要谈到秋子了。

那天我突然又抓住一个超级灵感的时候，是在某条巷子的转角处，那里有一家果酱店，我在里面刚挑好了两罐草莓酱，还没结账，这时，一道极细微却又非常深沉的感应突然就划过脑海了。这时我就知道了。我悄悄搁下果酱，简直蹑起了脚尖，来到门口时还故意轻巧得像个无事之人，生怕它会在我的兴奋中变形，毕竟它还是那么飘忽，只在脑海中占着一个小而温婉的瞬间。

我记得那是一九九五年，晚夏入秋，午后大约三点。果酱店往东走，一百公尺内有家咖啡厅，里面的墙角空着一张小桌，仿佛就是为了等我坐下来。这时我当然还不知道秋子就在里面，倘若这家咖啡店里没有秋子，应该就像我的生命中没有生命一样的吧。当然这都是后来深深体悟才能明白的，一个人走在快乐或者悲伤的路上，也要多年以后才知道什么是该忘的、什么又是不该忘的快乐与悲伤。

我没有喝过那家店的咖啡，它并不起眼，顶着路边一个有点破旧的屋檐，门口还塞满了摩托车，若不是因为那两罐果酱的鬼使神差，我应该不可能走进来，而是直接回到租住的地方。

然而我终于走进来了。

我悄悄掏出了纸笔，颇为神圣庄严地写下脑海中的标题，一个字都没有让它跑掉，写完后竟还刹不住笔尖的贪婪，美妙的文思鱼贯而来，没多久整篇广告几乎可说已经完美成章。

这时的我终于放心抽起烟来，终于听见优美的音乐开始轻声流淌，藏在室内植栽里的水泉悄悄回荡着，一切忽然是那么美好，连旁边桌间的笑闹声听起来都像是一波波动人的乐章。

半个多小时后，斜对面的桌间突然响起敲敲打打的声音，我这才知道那是一群女孩的聚会，她们的手齐声敲在桌面上，十几只眼睛一齐朝我瞪视着，然后纷纷站了起来。原来这是她们离座前的抗议，应该是我手上的烟吧，空气中确实看得见白色的烟雾飘散着。

她们从我的桌边绕过去，一个个绷着脸走到了柜台。

后面的一个走得较慢，我朝她招招手，那张脸顿时红漾起来。

“我没有敲。”她说。

我指着沙发上一个遗留下来的纸袋。她摇摇头：“里面空的啦。”

但她还是回过身，去把那个纸袋捡了起来。

她的眼睛很亮，长睫毛掩着单眼皮，脸上一股羞涩气息，说话时噘着嘴，鼓起了唇边一粒小痣抗议着。我看得出她对自己有些懊恼，因为平白无故说了两句话，而我只是一声不响地看着她。因此当她捡起纸袋从我眼前走过时，下巴抬高了些，那生气的样子显然和我的烟雾无关，好像被我占了便宜，讨不回去，走出去时鞋底上蹬出了几声怒意。

如果在这之后，我继续抽着烟，或者外面没有忽然下着雨，这一生中我和她应该就这么错过了。十分钟后我收拾文稿走出去时，才发现她们还没有离开，一起挤在小小的雨棚下，那生气的女孩站在最外围，前胸几乎贴在朋友的背上了，短发下却还是溅到了水，滑亮亮地露着一截白白的颈项。

雨棚下已经没有多挤一腿的空间了，她哆嗦着瞧我一眼，想了几秒，突然主动往前靠了上去，然后伸出一只手——手是从她背后伸出来的——无缘无故朝我勾着小指头，很像一家人在外躲雨，再怎么样也要把我拢在一起似的。这小小的动作让我非常错愕，尽管不便靠上去，却有股冲动想要多知道一些，我体会不到她的想法是否和我一致，是那么陌生却又善良，一下子把我其实已经孤单很久的心灵完全勾了出来。

我不知道应该如何表达，路上没有长久的雨，天空迟早也会放睛，万一她们突然一哄而散怎么办？恍然间我摸出了一张名片，趁那纸袋还被她抱在胸前，赶紧像寄信那样从敞开的袋口扔了进去。

我想她也看见了，眼前闪过去的是一片白影。她有些讶异，想要转过脸来看我，却突然又在迟疑中垂了下去。

三个月后，终于打了电话来。

“名片让我很苦恼。”她说，“下雨的关系嘛，就记得很清楚。”

“我以为你把袋子扔掉了，名片忘了拿出来。”

“是袋子里面有名片，害我连袋子也留下来。”

她在一家法式餐厅当服务生，秋天生的孩子，家人都叫她秋子。

那时的手机还没普遍流行，她留给我的套房分机却不好打，没响几声就会被楼下的管理员切断。有一天我跑去那家法式餐厅的窗口看她，果然穿着黑丝绒的长裤，一件白衬衫搭着红背心，端着圆盘穿绕在水晶灯下的桌间，和客人说话时弯着三十度的背影，亚麻布的桌面映着摇曳的烛光，那双眼睛在宾客的注视中眯起来并且羞赧地微笑着。

直到冬天我们终于见面时，她正在准备餐厅的例行考核，背了一串名字给我听：奇里安诺松露海盐，瑞德巴契草本盐，喜马拉雅山岩盐，马尔顿烟熏海盐，歌荷德松露盐，卡门瓦伦西亚海盐，法国新娘之盐……仿佛她们餐厅只卖盐。

我所认识的秋子，大约就是从那一堆盐的背诵开始。她应该很适合背盐，那些字眼虽然怪异但不算太长，颇像她特别简短的语气，简直就是个说不出完整一句话的女孩。我却觉得这样的女孩直率，没有奇怪的想法藏在话里，听起来简单明了，见面时大约都是这样的例句：想做副店长嘛。可恶。住南投县。深山啦。借我一本书。你做广告喔。有人走过来了。

那时的房地产市场还算兴旺，每个业务员领到的奖金都是鼓鼓的大红包，我的固定薪资却刚好只能塞到裤袋里。虽然不至于羡慕他们，但那些兴奋的表情常让我看见自己的寒酸，不然我也很想花钱治装，优雅地走进她上班的餐厅，看她端着盘子朝我走来，为我披上白净的餐巾，然后用她黠亮的眼睛问我点什么餐。

再见面时，刚好她又碰上了餐厅的年终考核，这次的背诵是关于上菜。她先把菜样说给我听，像在寒冷的冬夜温暖着我的胃："干贝是前菜啰，然后法式焗田螺。副菜就是宜兰鸭，一大早运来的。对了对了，你相信吗，还有孟宗笋……"

"我挖过孟宗笋，天还没亮，地上都是露水，要小心拨开竹叶，注意泥土的纹路，看到笋尖就要慢了。"

"小时候我也种过丝瓜，盛产的时候让我有点苦恼……"

我还没说完，突然被她的小动作吓了一跳，她用手指头把袖子反扣在掌心里，然后整只手抬起来横摆在嘴边。

我问她怎么了，原来她要表达的是："你说你说，你为什么苦恼？"

"因为丝瓜突然太多了，我不知道要先吃哪一条。"

没想到光是这样她就笑着了。我发觉她的喜悦总是带着惊奇，而且笑得有点早，每次我才说到一半，她的笑意早就漾在唇边等待着，看起来有点蠢，我却又特别喜欢这样的天真。

喜欢也许说得过早了，可能只是因为对她充满着好奇吧。像她这样未经世面的纯真，如何承受得住以后她要面对的人间事物，或者如果偶然听到了我的沉重往事，那时她还有这样连着酒窝一起微笑起来的表情吗？

生来就是为了让我随时感受着小小的温馨，才会这样微笑着吧。

“刚才说到哪里了？”秋子说。

“餐厅要进行考核了，你刚刚说到了孟宗笋……”

“可恶。”她整起面容，嘴里又开始默念起来。

4

人的一生如果容有几次的恋爱，我还是宁愿一次就能走完。也就是说，虽然刚刚走在第一次的路上，我却已经知道后面的永远不会来。这么笃定的想法也许有些荒谬，可是爱情路上谁又知道什么段落是最为正确的呢，本来就像缥缈的灵感那么难以捉摸——灵感不来时，脑海不过就是一片死海，唯有当它忽然波涛汹涌，才能体会孤寂的世界原来也可以翻转，只要抓住那么一瞬间就绰绰有余，大浪过后管他余波荡漾，该上岸时把船系好就是了。

秋子就是脑海里的那个瞬间，一个让我最为惊喜的灵感。

这一年她小我十岁，就像五十年后我还是大她十岁那样。然而心灵的差异并非如此计算，两人一起同老就没有多大区别，两人都还年轻时反而才有老幼之分。她显得太小了，小得像她家里的孟宗笋还没冒出土，我却已经继承了过多的哀伤而容易陷入不安。基本上我急着想要拥有一个家人，而她却还像个邻家女孩那样蹲在地上嬉戏着，不免让我担心她的年轻之路万一遇到横阻，我却已经跑到终点站远远地等待着她。

因此，这一年冬天，由于一种生怕什么都来不及的恐慌，我毅然辞掉稳定自由的工作，摇身一变成为专卖预售屋的业务员。我决定挑战自己的凝重与木讷，也不希望以后的秋子还要背诵着她的盐。

所有的难题都比不上拥有一个秋子。

我的摩托车开始每天四处奔走，追踪客户时跑遍小镇偏乡，最远曾在一个叫木瓜坑的县道上摔进了灌溉用的沟渠。皮肉伤有一定的愈合期，业务上的挫败也能想办法尽力挽回，那种临界点通常只要撑过就过了。

唯有一种伤痛过不了。低落的情绪往往会把更大的阴影带来，来的时候凄风苦雨，我的父亲他会变换出多重幻影，我看不见他在天上，也看不见他的孤魂飘荡在何方，只知道他随时会在我的独处中露脸，脸上一直那么浮肿与苍白，难怪溪边的妇人不让我看他，那天早晨匆匆把我搂进她的臂弯里。

我本来过得很好，一个人独处很少带来痛苦，他出现的机会并不多，因为我不愿想他。自从认识了秋子，独处的滋味才开始走样，变得念念不忘，时时感到空虚和错乱，以致让他有机会乘虚而入，某种意义上他似乎在安抚着我，其实反而让我陷入更大的悲伤。

我没有告诉秋子。

三个月后终于领到销售奖金的下午，我悄悄去到她上班的餐厅，那时水晶灯已经打开，优雅的桌间还没有客人，她们站在厅口聆训，一个男主管也许正在抽问各种待客要领。我贴着窗口仔细看着，很怕秋子被人揪出来，她忘了刷马桶，也有可能漏掉了卡门瓦伦西亚的什么盐，总之她让我担心，让我干咽着口水那样的焦虑着。我忘了自己是来庆祝的，口袋里塞满了钱，期待坐上秋子服务的桌面，让自己成为她今晚的第一个客人。

一部部开进来的轿车朝我按着喇叭，我从一个窗口换到另一个窗口，脚下踩着餐厅停车场的分格线。客人陆续进去了，窗玻璃隔着里面的轻声细语，那些衣香鬓影是那么优雅，这时我才注意到自己还穿着制服，鞋上沾着一些泥巴，最重要的是忘了先在工地洗把脸。没有人规定吃西餐要先洗脸，但我其实很讨厌的法式餐厅好像都该这样，每个客人甚至洗过澡、喷了香水才来的，可见我的笑容一定比别人脏，这会让秋子为难，为我披上餐巾时一定非常紧张，因为她还会发现我的制服掉了一颗扣子还没补起来。

而且，我何尝愿意和那些人一起看见秋子。

好可惜，我心里说。领了奖金马上赶过来，为的就是不要让那种热腾腾的喜悦冷却掉，恋爱本身就是一种分享，任何好事如果让对方最快知道，那种分秒不差的喜悦才会动人。我简直浪费了一个惊喜。

我在附近的骑楼下吃了一碗猪脚饭，然后绕进一家书店等她下班。

那股想要和她分享的激动后来不见了，我听到的是她期待晋升副店长的考核。她的话语本来就很简短，加上语气急促了些，那些声音跳荡着滚进耳里时，难免让我跟着紧张起来，眼看着她就要过关斩将了，这时却突然咽下口水，换了气，声音也坠下来："落选了。"

"怎么这样，我每次听你背起来都很流畅。"

"还有术科嘛。"

我听了大笑，笑得眼泪快掉出来，没听过餐厅考核竟然也有术科，原来她说的是店经理充当客人，要看她亲自上菜，一道道的解说都要实际做出来。

"我准备很久，一个字都没漏掉。"

"说来听听看。"

"我做得不好，请多指教。"

"什么意思，餐厅规定要说这句话吗？"

"我加上去的啦，以为可以加分的说，想不到还被倒扣，说我没经过大脑，还没服务就说做得不好……"

"那后面的还好吧？"

"每道菜都没问题，我最喜欢说菜了，好像自己要吃。"

"那应该可以过关才对。"

"忘了刷掉面包屑嘛。可恶，他掉太多了。"

这时候的秋子，我大约算了时间，十分钟内毫无笑容，那小小的酒窝也不见了。酒窝不会骗人，惆怅的时刻它也会和我一样跟着惆怅着。

面包屑故意掉的呀。一个小时后她还在懊恼着。

5

转战业务第三年的尾声，我每天睡在工地样品屋里。工地附近有庙，站在窗口就看得到庙顶的飞檐，诵经声不时传唱而来，客人要是恰恰听见了那些经忏，通常都是二话不说，看完模型道具后立刻走人。

多数人忌讳的工地，反而有更多机会让我深入接近它。

我喜欢天亮后满满出现的生机，也亲眼看到了一栋建筑的拔地而起，它从地下水层的抽取排放逐步启动，不久之后怪手们[①]进场挖方，绑桩铁工严阵以待，直至整个结构底层正式进入了混凝土浇置的初阶流程。基础工程看似缓慢，每分每秒却是一个具体生命的进展，稍不留意很快就形成了胚体，板模工每天敲敲打打，运材卡车连番来去，卖槟榔的大姐开始踩着短靴在钢筋阵里穿梭起来。然后柱模立起来了，另一班的墙模也立起来了，水电配管的查验逐步放行，灌浆车来了又走，飞扬的沙尘落定之后，庙里那些诵经声便再一次悠悠传来。

结构体冒出地面后，我的销售进度却还埋在土里。

---

① 即“挖土机”。

每周一次，我跑去参加房地产销售的精英课程，那里黑压压的人影恍如坐满了整台列车，火车即将开往经济奇迹之路，台上的讲师斜背着销售冠军的红彩带，只差还没吹响领军出发的号角。他除了在白板上写字，有时也会挑几个老学员上台演练，当场示范如何应对各种不同客户的桥段。

他举一个例子说，为什么每一年他都拿得到销售冠军。

“对方如果犹豫不决，想要去问神明，嘿，机会就来了，你就等他问完回来再说。就算一半的神明反对他买，没关系，你叫他去神明面前掷筊，也就是博杯的意思啦。万一他博到了笑杯，别急，问他用了谁的名字，反正理由很多，想办法让他再去博一次就对了，总有一次圣杯的嘛。万一你还是那么倒霉，那也还有最后一招，反正底价还很深，你就让他一点价，偷偷告诉他：再去问问看，说不定神明就是在等待这个价钱……”

讲师的嘴角汇集着越来越多的泡沫，时间到了就咻一声吸进了半滩，残余的继续堆滞下一波的高潮。这时他还郑重宣布了一桩好消息，有一家上市建商给了他几个主管名额，只要结业考试名列前茅。

学员们个个精神饱满，边抄笔记边发出笑声，他们里面有的是退役军官，有的曾经混到直销界的蓝钻资格，也有失意的上班族想要转业翻身，另有一个刚刚把他的早餐店收掉了，他告诉我说不能一直没有自己的家。我想告慰他说，我连一个家人都没有呢，后来忍住了。

季节来到深秋的上午，一个非常不得已的上午，我终于说了一个谎。

那是个老妇人，打算给她守寡的媳妇买间房，前后已经考虑半个月，媳妇也来看过了样品屋，口头上终于敲定最小的户型，正准备回家拿钱下订。

没想到她们回家拿钱的路上，突然绕进了附近那间庙宇。

老妇人在电话中说："歹势[1]啦，我去博杯[2]，结果是笑杯。"

"阿嬷，汝博杯是用啥人的名？"

"当然是用我的新妇啊。"

"毋着啦，钱是汝家己出的，博杯当然嘛爱用汝家己的名。"

"用我家己喔，哎哟，按呢我紧来去博，我嘛希望是圣杯啊。"

那冠军讲师的招数真灵，话术稍稍改了口，小小的谎言马上突破了我的阴霾。那天下午，老妇人来到现场完成了订单，还高高兴兴地邀我找时间去她家做客，她卖水饺已经很多年，水饺摊子就摆在家门口，希望我给她机会好好地答谢，水饺、卤味都不用钱。

我答应了她，却每次只要经过她家附近时，马上绕道离开。

我暗自算过了，她的水饺一颗两块钱，而我多卖了一百多万，今后她们婆媳两人还要白白包出六十多万颗水饺，才补得上这笔残酷的价差。究竟这是什么买卖，她专注在博杯过程而把信任交托在我身上，这时候神明为什么还要给她圣杯呢？连续几天，我一直想着她家骑楼下的那一堆饺子皮，有时噩梦中裹满了零碎的馅肉把我惊醒过来。

我最后卖出的房子，就是这么一户永远难忘的水饺房。决定离开工地的最后一晚，下雨了，我把物品简单收拾妥当后，突然听见外面

① 闽南语，"不好意思""运气不好"之意。
② 闽南语，"掷筊"之意，占卜运气好坏。

有人叩着玻璃门，回头一看竟然是秋子，她两手撑着外套挡在头上，雨水沿着洁白的衬衫制服滴下来。

想要给你惊喜嘛，她说。

还在为那笔买卖阴影蒙受着折磨的我，见到了秋子更为激动，而且多日以来没有看到她了，那一副水淋淋的样子让我十分心疼。她显然找了很久的路，只记得我曾说过工地附近有庙，没想到就这么给她找到了。但也不太寻常，晚上八点还是餐厅的黄金时间，照理说她应该还在上班。

“餐厅大门没开，客人进不去，同事站在外面等。”

“你说的是什么？”

“倒闭了啦，前几天狂卖打折券，原来都计划好了。”

她全身哆嗦着，我赶紧把饮水机开到沸腾，给了她一杯最烫的咖啡。她把湿淋淋的外套穿回身上，体内的寒意却不断从衣服里颤抖出来。

“你赶快把衣服脱掉，样品屋刚好有一台烘干机。”

她两手捧杯啜了一口，停下来看着我，“怎么脱？”

“你可以进去里面，衬衫和外套全部脱掉，再把小背心穿回来。”

“要死了。”她捧着杯子，眼睛看着天花板，两排牙齿咯咯响。

“不然这样，你坐过来，我拿一条毯子把你包起来。”

她转头看着我，眼里泛起一抹水雾，我伸手拨着她发梢的雨水，她犹豫了几秒，突然栽进我的夹克里哭了起来。外面吹来带雨的风，往外掀开的斜窗扇了两下又关上了，这时她直身坐回原位，取出了一个信封递给我。

“你拿回去，我不要保管。”

是一本存折，我们约好每个月省下来的钱放在共同账户里。

“既然一起存钱，你没必要还给我。”

“工作没了啦，以后都是你自己的钱。”

我才发觉这下突然那么凑巧，明天开始我们刚好都要各自谋职了。我说：“不然这样好了，反正这些钱买不到半间厕所，存钱的事以后再说，我们干脆出国去玩，用这些钱刚刚好。”

“你是说全部花掉吗？”

“如果你愿意，”我看着她的眼睛，“也可以用来蜜月旅行。”

她以为听错了，学我的句子小声念着，后面四个字噤在嘴里。这时她又把衬衫袖子扣进手心里了，整只手抬起来，横在鼻梁以及忽然嗫嚅起来的嘴唇上，恍恍然看着我，眼睛要亮不亮地困顿着。我不知道是否又把她弄哭了，那表情好像藏着一壶水在心里沸腾着，外面听不见一点点声音。

“也可以全部省下来。”后来秋子说。

6

中部崛起的一家赖氏家族，市场上都称它马达帮，横跨肥料、民生物资产业，建筑部门则刚成立不久，算是集团里的分支。马达帮二十多年前替人维修马达起家，听说集团文化强调马上必达，售后服务无人可比，一九九八年相准了房地产的淘金蓝图，由赖家第二代负责庞大的祖产土地开发。

留美回来的老板有一张方脸，有南部人黝黑精悍的肌肉线条，槟榔一次两粒，两侧的颧骨在咔嗞咔嗞的咀嚼中隆起，血液贯穿鼻梁上方，两只眼睛在涨红的脸孔中发出熊熊的光。

他抽出履历表，边看边发出微词，对我频频跳槽的记录生出疑虑。

“去年一个家伙进来三天，被人发现每天晚上偷偷拷贝客户资料……

“当然，我不是在说你，你看起来不是这种人。

“不然你的资历很不错，会做广告又摸过业务，天塌下来也不会死。

“但是你一个父母兄弟都没有啊，这么惨，不如赶快结婚吧。

“你也住过二林镇喔，那应该听说过我们以前的肥料工厂……”

他搁下那张履历表，扔掉指缝里的香烟，换了一根新的点燃，烟灰缸里趴满了只吸两口就丢的蚕山。

我针对结婚的事情大略向他说明，我已经有一个很好的对象，但我认为应该先有一番作为，才有资格拥有她。他点头表示接受，两手抱着胸口在那把软椅上摇晃起来。

“虽然我没当过主管，但我知道一定可以做得很好。还有，报告董事长，我住二林镇的时候还小，很抱歉没有看到肥料厂……我真想回去走走，有时候我觉得自己太过封闭了。”

“不用去，马达帮现在看不上肥料厂，动物身上没几个钱。”

他呸掉了槟榔渣，叫秘书上来把我的资料建档。他的秘书很漂亮，闪着睫毛问他要怎么填报职位，我微微起身想要让他们方便说话，但他似乎早有腹案，突然对着空中朗诵着：“你从储备主管开始做，以后看你表现，只要是人才都有机会升迁，我规定员工每天都要对着天空说话，乱说也行，反正只有一个太阳，学会对它忠诚就有希望。”

满口的香烟槟榔，讲话却是意有所指的暗示，我点着头听了进去。

三天后的星期一，我拥有了生平第一套西装，全身是有点俗气的蓝，但因为还搭配着晴空蓝的斜纹领带，颇有抖擞的凌空气势，走起路来难免好像腾云一般。人事部把我安置在业务处靠墙最后一排，大方桌配有一把旋转椅，正前方就是随时有人进进出出的业务团队，三点钟方向我看见那个秘书跷着大腿讲电话的模样。

秋子和我举杯庆祝就任新职，我们第一次坐进法式餐厅里，她有些不安，第一道前菜冷盘吃得很慢，熏鲑鱼上来时更加不知所措，两手紧握着刀叉停在桌上，好像每道菜都要经过她漫长的祈祷。

“这些菜都是你最熟悉的，何况现在我们只管吃。”

“我们不能骄傲。”

“怎么会，你看还有人抱着宠物吃牛排。”

“我们真的可以吗？”

“秋子，试试焗田螺，原来真的那么好吃。”

晚餐后我们还一起逛了新开幕的百货公司，逐层漫步在电扶梯和穿道间浏览，家电用品和妇儿专区大致掠过一眼后，我拉着她停在高级服饰专柜前，那些模特儿身上的衣物艳光夺人，相形之下旁边的玻璃镜映出了秋子萧条的身影。我执意要她试穿一件短大衣，她瞥了一眼价码后马上退到一边，虽然那只手还是横在脸上仿佛遮掩一道强光，却不是平常那样的惊喜了，混合着一种喜悦与绝望的意味吧，犯了错似的把脸转开了。

那天之后，我开始埋入繁忙的业务统筹，马达集团就像一部超强马力的机器在运转，光一个重划区就有三个工地同时推展。我负责巡跑每个案场，融合那些业务主管们整理出来的进度简报，有时也会当场指出业务控管的一些疏失，用一种稍微有点权威的见解来帮助他们。

我发觉自从退离了业务前线后，反而找到了探讨问题的高度，能够客观提出各种解决之道，然后很快判断出广告和业务共生之间的成败关联。

我的工作就是把这些综合起来的报告交给马达老板。

老板住在台中七期西侧后方的农地上。很多人间事物在当时都还没有出现，九二一大地震还没来，号称世纪杀手的SARS疫情也还看不到鬼影子，包括那时我的梦境、我后来遭遇的快乐与悲伤都还只是酝酿中，一切秩序都还停留在当时还算安详的世界里。

就像平常一样，我会在午后四点来到老板家，那是一栋合院式老宅，门口停着三部轿车，里面开着一个天井，种满了红艳艳的仙丹和几棵果树。这个时间他酷爱的职棒正在开打，广告出现时我才有机会插入自己的简报，两队攻守易位重新又开始激战时，我的简报便跟着暂停下来。他赞助的球队如果被三振或是击出了全垒打，我就会站在他背后惋惜地啊了一声，不然就是陪他发出非常振奋激动的高声喝彩。

球赛停止的冬季，他如果一直没有现身，我就会坐在公司里待命，一切看他时好时坏的痛风症状如何进展；通常都在上午十点左右，他的脚趾头肿胀得没办法走路时，就会把我叫去家里训几句话。偌大的家屋只住他一个人，天花板挑高六米，喊痛的声息传到厨房后面还有病奄奄的回音。有时他把事情交代完，秘书刚好来电催促一个不得不去的行程，这时阵仗就大乱了，几分钟后助理匆匆跑进来，司机跟在后面，两人四手忙着把他困窘的两只脚套进特制的大鞋里，然后各据一边搀扶，一行人穿过院子里的葡萄架，像拥护着一个受伤的君王匆匆撤离战场。

门口那三部车子这时已经移到路边待命，阳光下引擎齐声轻吼，老板好不容易爬进了最前面那部车的后座，女助理这才坐上副驾驶座开始导航，后面的两部空车各配一个司机随行，出发时活像一个小型车队，虽不浩荡却因为车身庞大而显得威风壮观。

我骑着摩托车在后面跟随，直到他们穿越马路往北消失，我才钻进一条巷子慢慢骑回公司。有一次突然下着雨，我躲进骑楼后顺便给秋子打电话，分机等了很久，她说刚收到一封应征信的回函，我说我可以等，你就赶快先把信拆开吧。于是我听见了她打开抽屉翻找着剪刀的声音。

如果是我，直接就把那个封口撕开再说了。若是好消息，把它扯破了照样还是好消息。就算轻轻地剪，从左到右一厘不差，坏消息终究还是坏消息，根本不可能扭转寄件者的原意，反而只是搞坏了自己的心情。

我没有催促她，只想告诉她现在下着雨，冬天的雨让我感到空虚，尤其那个小车队才刚刚转弯离开。如果秋子你也坐在车子里面，而我就在你身边，那会是多么美好啊，仿佛刚从南投的深山里把你迎娶出来，一路的孟宗竹林响着吓人的鞭炮，我们正要前往大饭店迎接一场幸福的宴席。

但秋子总算找出她的剪刀了。她把话筒夹在下巴，要我再等她一下，这才开始剪，多么细腻地剪，几乎不敢发出任何声音。我觉得这些都不重要了。但我还是让她剪，剪到天亮算了。我突然想说的是秋子我们结婚吧，快过年了，没有人规定有钱才能结婚，以后我们慢慢有钱就好了。

电话那边终于传来了回应，我听见她的喉咙发出了有点心碎的声音，那是一个非常小声的“哦”，有点羞愧而不敢声张的“哦”，失望透顶之后只能透露出这个单音。其实我的心情早就告诉我了，我甚至已经开始担心以后还会这样，我们结婚那天，应该也只是一个小小声的“哦”，场面很小，两粒灰尘结合，一条丝瓜迎娶一节孟宗笋，那个时刻最浪漫却也最辛酸，要看以后的心灵如何激发斗志，也得想办法让两个人的爱情来升华现实，否则会像马达老板那两部寂寞的空车，漂亮地奔驰一段后还是会在路尾消失。

所以我应该更疼惜此刻的秋子，我听到了这声“哦”，突然想哭，就像自己也被人排除了那样。我一直有很多话想跟她说。我爱你纯粹都是因为命运，不是你多漂亮或者我只顾着身为男人的激情，我爱的是那个躲雨的下午，你忽然朝我这个陌生人勾出了手指，那个动作看来平淡无奇，对我而言却是一瞬间的惊心，你简直把我当成家人了，这是连你自己也不知道的，那勾着小指的意象是那么微小，像一万个天使只掉下一根羽毛，幸好它没有被风吹走，而是一瞬间飞到了我的生命中。

那一声“哦”之后，秋子没有说话，我听见她的鼻音避开话筒，她的酒窝躲在一旁，她想和我说话但两片嘴唇暂时只能嗫嚅着。

“你出来，我去载你。”

“我又没有哭。”

“你剪太久了。”

由于分机的限时装置把我们切断了，我只好重拨一次，但这时的总机已经无人接听。我只好冲入雨中，骑到秋子的公寓楼下，准备鼓起勇气亲口告诉她。

7

这一年暮冬，马达集团预告了一个迎春计划。

我不清楚那是什么活动，只知道员工婚假要提前一个月申请。秋子要我早在三个月前就递出去，结果把人事部的小姐一个个笑翻了。

“提早申请，你才不会骗我。”秋子说。

“马上就去公证结婚，那就是真的了。”

“不一样，你不知道等待多好玩。”

婚期的决定参考秋子的想法，也就是过完年，刚好百花齐放的春天。她认为年尾结婚最吃亏，没几天就会被人说成了结婚第二年。我却是这么想的，多一岁才结婚，对她来说比较不会受到那些女生们的揶揄。

人事部除了笑谈之外，也跟着提早把消息传了出去，老板有一天把我叫进办公室，从抽屉中拿出一个鼓鼓的大红包说："我知道你现在最需要什么，这是私底下给你的，赶快收起来。"

他接着提起春庆计划的内容："蜜月旅行更不用你花钱，你干脆去把预订的什么东西全部取消掉，公司过几天就会宣布包机出国的消息，到时候你们夫妻就在马尔代夫玩到爽。"

这大红包让我心慌，我怕收下后就像签了一份卖身契，不过它真的是钱，抵得上我和秋子看过的沙发和电器用品。马达老板出手这么大方，秋子也不敢相信。

"你一定很重要。"

"嗯，所以我才敢求婚。"

"是求婚吗，那时还在下雨呀，车子骑那么快。"

可惜秋子不敢搭飞机，最远的地方只坐船去过澎湖。虽然我乐陶陶地鼓吹着马尔代夫多好玩，其实自己也没去过，只是曾在旅游杂志的蓝天碧海中神游过一番罢了。

"而且公司安排一大票模特儿同行，听说她们要在高空走秀。"

秋子光听就觉得兴奋又刺激，但一想到飞机挂在没有马路的天空，马上又冷却下来。我们只好搭配公司的行程，重新推算蜜月的时间地点，当那一架马达包机从桃园机场起飞时，我们租来的休旅车将以最快的速度开往同样有海的花莲。

婚礼在台中地方法院举行，随后在一家海产店用餐。秋子父母、她刚退伍的弟弟、我和秋子共五人。她父亲有点驼背，拿起筷子之前小声问我："阿你家己一个人喔？"

我向他解释公司刚好整团出国无法参加，但请你们放心，这没关系，以后我对秋子越来越好比较重要。

后来回想，我会错意了，他问的应该是我的家人为什么没来参加。

秋子一点也不觉得别扭，毕竟同桌都是自家人，她站起来给父母亲夹菜，给她弟弟盛了一碗汤，租来的礼服还穿在身上，过长的袖子卷到手肘结成肥肥一团，很像一个厨娘舍不得脱掉白天的盛装。

我也不停地劝菜，给旁边的岳父母夹上两只大虾，嘴里频频说着对不起。对不起，真的是非常对不起啊。幸亏还没喝酒，否则这时候我就哭了。虽然他们总算知道我已经没有任何家人，然而我也没有一条狗，或者顺便带来一只猫，整个场面像是他们一家四人陪着我结婚，没有任何一句怨言。几道菜过后，秋子妈妈站起来，慎重地向我敬酒，她说秋子从小就很懂事，如果还有什么做的不好，看在她的分上，请我多多包涵。

我涨红着脸，很想表达感谢，满嘴的歉意却还说不完。

突然娴静下来的秋子，难得像一个新娘。

一直到他们三人搭上晚班客运回家，我和秋子捧着花来到公寓时，她才喘口气笑了起来："好险，我叫妈不能哭，哭了就不嫁。结果真的没哭耶，怕我赖给他们了，可恶。"

“他们回到山上一定很晚了。”

嗯。她说。

然后我们开始。

没有声音很难开始。秋子从来没这么安静过，她坐在床尾，两个肩头缩在颈下，像一双蝶翼停在画里。她一定后悔刚才笑得太早，笑声一停反而凝住了空气，两个人都哑掉了，我们不曾待过一个没有声音的房间。

她一直捏着礼服下摆的穗花，已经快把它扯断了，还是说不出一句话来。我们只在下雨那天晚上的样品屋里拥抱过，另有几次则是路边的偷吻像小鸟般轻轻啄食，如果还有，那也只是在我的梦中。但我喜欢她这样害羞，四年来我们不像别人有过亲昵的热恋，彼此的表达也没有很多，她却总是让我看见了我想要的，眼里有一股纯净的神采，仿如一种非常贴心的透明，一看就是只有深爱的人才会显现出来的真心。

我亲着她后面短发下的颈子，光溜溜地白到领口里面了，好像她就是为了这一刻，才留着短发吧；但也不完全是，在咖啡厅初识的那天下午她就留着短发了。当然也有可能前世就已经开始。

我试着解开她后背上的扣子，才发觉租来的这件礼服大约有一万颗扣子。我开始有点焦急，两手帮我拨弄，气氛越来越静，只好找了一句话告诉她：“这件礼服明天应该拿去还了。”

这时她总算有了回应：“小时候窗户没关，萤火虫都飞进来。”

“哦，那么浪漫，现在有一只萤火虫多好。”

“你去关。”她低声说。

我关上了窗户，也拉下窗帘，留着天花板的大灯用来看她。

然而她却已经溜进浴室里了，传来的水声有点迟疑，淋了一阵突然变小，最后甚至关上了，这时她突然推出一个门缝抱怨着说："租的时候没注意，门是玻璃的呀。"

我也这才发现呢，便趁这个机会悄悄地看着那模糊的身体。隔着花雾的水漾中，她想要藏身的瓷砖墙面只有半截，于是那藏不住的侧身自然露出了隐巧的曲线，她的腋弯、乳房以及陌生的肉体慢慢在雾中游移，像一片朦胧的梦境直扑而来，成了一副光裸的化身穿梭在我的惶恐中。

由于羞怯的缘故，后来我只好跟着她一起拥进棉被里，反正农历年才过不久，仿佛也是一种别具深意的围炉。我们在炉子里面缠绵，暗黑的被窝不断升温，两具潮湿的肉体相互缠卷，直至为了换气才张着嘴巴探出头来。

这时我总算问起了那只萤火虫，就算它飞进来，那又怎样？

躲在棉被里的秋子说："当然想到火灾呀。"

8

新家附近有间花店，秋子在那里当助手，每天清晨负责开门，等待从市场赶过来的小货车卸下一蓬蓬的切花。上班前我会绕到附近，看着她坐在矮凳上剪枝，她把去枝后的残叶丢进竹篓，整理过的枝条搁在右手边的花架，泥地上尽是浇洒的水迹，阳光初露时她的侧影很像地上的花。

晴朗的下午她会坐在儿童公园的草坡上，那个角度刚好看得见我们公寓的屋顶露出林梢，我下班回来时她就站在那里招手，像个小孩从斜坡蹦跳着跑下来，游戏中的孩童仿佛都被她吸引，用一种鼓舞的眼光仰望着她。

夜里我们还有很多说不完的话，且我早就习惯她在中途抢拍，等她说着说着终于咽下口水的时候才搭腔，但通常这时她还是会把没说完的补上来，两个人很像刚在几十年后的同学会中相逢，只是这位同学的记忆似乎特别好，很多有趣的童年往事都被她一个人说光了。

“有一次我跑很快，快到终点了，突然听到同学喊加油。好奇怪，她们从来不帮我加油，所以我愣住了，忘了继续跑，后来用走的。”

“你那么苗条应该很会跑……”

“喔，你没在听，我是说走路回到终点啦，结果老师瞪着我，全班又笑又鼓掌。我只有美术拿过第一名，音乐课也是普通，考试紧张就会走音，唱到一半变成两首。”

“你干嘛笑，这些都还没说过呀……”

电视广告结束后，她静下来看她爱看的连续剧，我才开始整理隔天要给马达老板的资料。每晚十点，离睡觉时间虽然还很早，但我们习惯提前上床，毕竟有些琐细话题还是说不完，两只夫妻鸟交头接耳后总要飞来檐下，这时秋子的语声转为呢喃，换了睡衣后总算成为了一个女人，静静躺着听我说话，因为专心而一直睁着眼睛，尤其当我说到未来的梦境时，她的酒窝会在微弱的光晕中偷偷地漾开。

于是有一次，我终于说到小时候养过一只羊的故事。黑色的，颈部有一圈白灰，每天上学前它会准时咩咩地等我喂草。后来有几次它却不叫了，喂它吃草也不太理睬。有一天我特别赶早起来看它，才发现父亲正在喂它，一边自言自语，一边把草递进栏圈，喂到快饱才把最后一点食量留给我。那天早上我不坐他的脚踏车，一路跑到学校，连续几天都那样，我甚至决定不想再看到他。

“秋子，那件事我一直悔恨到现在。”

“我猜猜看，你爸爸跟羊说了什么？”

“你不要告诉我。”

“嗯，说不定呢，他也叫我不能说。”

我们因而静默下来，那天夜晚仿佛彼此都有哀伤的感应，她假装睡着了，而我爬下床写了两页的日记。我听见她在被褥里轻轻翻身，知道她其实还想说话，但她忍住了。她忽然也有噤声的时刻了，我心里不禁涌起一股受到理解的喜悦，并且暗暗决定以后再也不把忧郁带给她。

婚后我继续效忠马达老板，他逐渐把一些私人事务丢给我，譬如送钱给一个暂不来往的情妇；深夜十二点的第一分钟，把花送达某某大楼；还有，他看着棒球转播时，我负责接待来访的银行职员，在玄关旁的会客室里跷着腿和他们聊天。有时他熟识的土地掮客进来，我先让对方站在玄关等待，然后回到电视荧幕前继续高喊着红不让，陪他议论一下刚刚那个非常非常不应该留下来的残局。

马达老板要我跟他出门时，我负责搭乘第二部的凯迪拉克，司机难得有了乘客可以聊天，一路倾诉着家里那些叛逆期的孩子，一面顾着前方的车距，碰到青黄不接的信号灯开始闪烁时，他便急着催油冲过路口，紧贴在首航车的后面，不致被人插队而中断了紧密的跟随。

他按了一声喇叭说："我每天开着这部空车，迟早会疯掉。"

"这样多久了？"

"从他头壳坏掉开始。"说完后，他自己笑了起来。

但这一刻是那么难得，难得我忽然像个富豪坐在窗边，可以优雅地打开遮帘，外面是无声的人海，成群的摩托车如浪潮奔波来去。多么难以想象，几个小时前我还穿流在那片浪里，戴着一顶桃红色的安全帽，透明护罩下不断蒸腾着雾一样的汗光。

车后座的凯迪拉克有一股沁鼻的皮革香，我闻得出那味道中的深沉，那里面混合着钱与权力的魅惑，特别有一种神秘气息，让人想闻却又无法亲近。路途如果还算漫长，我的脑海便又浮现出同老板一样年纪的父亲——倘若他还在人世，断不可能拥有这样的视野，他只能每天骑着脚踏车去学校打杂，中午赶回来给车祸重创的母亲喂饭，然后再度匆匆折返，刚好还赶得上校钟最后的第三响。

一样都是人，境遇如此天差地别。

我真希望前面这个老李慢慢开，开到明天甚至未来，让我想象如果自己有能力买下整片天堂，如同梦幻中的这一部黑色旗舰，那我就能够对着他们两老招着手说：坐进来吧，我们迟早也能这样……

除了享受着一程又一程免费的凯迪拉克，马达老板也让我见识到了今世官场的诡谲奥秘。我们来到市政单位时，建设局长亲自接待，平常我拜托恳求都没用的建管课长两手贴在腿侧，对于老板的询问不吝再三说明。后来他的痛风再犯时，换我自己一个人跑这些单位，那些人一看到我果然如同多年知交，早把一些待审的案件调出来摊在桌上。

任何难题都能一夕逆转，我雀跃着跑回来，他却不惊也不喜。

“人脉用钱买。”他淡淡地说。

我也因而常有机会陪他参加一些重要丧礼，他有一套丧礼专用的黑西装，搭配一条铁青色的领带，十足像个黑道来到式场，一下子就凝住了四周的哀伤。这种场合他会临时戴上太阳眼镜，虽然眼中无泪，但是满脸肃穆悲凄，致词的时候用他粗沙低沉的嗓音表达同情，整个式场忽焉令人心碎，丧家哭到鞠躬回礼的那一瞬间依然泣不成声。

他扮演这样的角色可说苦人所苦，十足地推心置腹；然而换到另一个场景时，譬如看球，却又甘愿丢开一切琐碎庶务，紧盯着他所期待的变化球从投手丘恍惚飘来，像风中的柳枝划破天际万籁的寂静。这时我听不见他的呼吸，要等到对手终于挥出空棒垂下头来，一度凝止的气息才会让他恢复生机。

“出门开三部车，一定很寂寞才这样。”秋子说。

“我也不懂，有钱人都有奇怪的想法。”

“那我们不要有钱，宁愿这样就好。”

“不对，我们应该要赶快有钱，这样才能了解他。”

我们半躺在床头，对过去的墙面贴着一大张海报，那是一家建商的别墅产品，浩瀚的庭园仿如一片绿色江山，社区内的林荫步道穿街绕巷，也有曲折的埤塘像音符般四处流淌。秋子和我有心说到无话时，两人微眯的眼睛就会一起停在那张海报上，直到模糊的睡意慢慢地淹上来。

那是个遥远的幻境，幸好相当逼真，因为我们经常注视它。

9

我们差一点无法跨越的，黑色的一九九九年。

大地震深夜来袭，表面毫发无伤的秋子，彻底被击垮了。

地震来时毫无预警，一瞬间屋内墙壁上下震动，随后扭起舞来，门窗玻璃应声碎裂，床脚随着地板隆起，头顶上的灯罩直接摔落在棉被上。

听说来自遥远的山谷底层，像千万只沉睡的狂牛突然一起翻身。

我永远记得那个黑色画面，那时房间里一直呜咽着陌生又熟悉的声音，原来那是秋子的战栗，我看不见她，只听见她的两只脚一直在原地蹦跳着，一步也走不出来。满地都是破碎的玻璃，我忍着脚下不断划开的伤口，最后才摸索到她蹦蹦跳跳的那个角落，一拉住她的手就拼命往外逃。

我们飘荡在黑色的回旋梯里，每个楼层不断传来尖叫声，从梯间看到的巷区一片惨暗，远处几盏照明灯闪跳着要亮不亮的红光，一直到终于跑出公寓底层，我还不知道秋子出了问题，只顾拉着她继续跑，这时她还能说话，颠颠晃晃地问着我："我们是在哪里？"

"可以安心了，前面就是公园。"

公园里面黑压压一片混乱的声影，到处听得到寻人的叫喊，小儿的哭声一刻不停，没多久强烈的余震再度来袭，很多重物从看不见的高处坠落，街上开始响起一辆辆消防车呼啸而过的声音。

一度我还找不到秋子，她被奔走的人群挤出了外围，后来才在曾经朝我招手的斜坡上找到她，她两手抱在膝盖上不停地颤抖着。我们来不及携带毛毯，也没想过生命中会有如此恐怖的瞬间，她的双手冰冷，脚底也是，忙乱中两只拖鞋都不见了。

几个小时后人群才逐渐稀散，有人惶惶然回到楼上，有人挤在路边的车子里取暖，另有一些人被陆续开来的车子接走了。这时天际微亮，秋子却摇着头不敢回家，两只眼睛显得呆滞异常，只能空望着前方楼顶下的树梢。

如果知道她已经出了事，我就不会顾着打电话——我一直联络不到马达老板，公司那边也跟着断讯了。趁着阳光逐渐透出云层，我跑出公园买了一份早点，吩咐秋子坐在原地等我回来。

我赶到公司时，同事们已经陆续到位，只听说一个女生家里塌成了废墟。马达老板正在集合发令，他分派每个人负责跑一个社区，要求看完现场立刻呈报，碰到住户时不得发表个人意见，有严重的灾情马上回来说明。

我被指派一栋三百多户的住商混合大楼，楼下还是一条热闹的商店街，光是楼上的住户就有上千人。赶到那里时，大楼明明就在前方，我反而突然刹住了脚步，只能躲在一排老树的叶荫中迟迟不敢张望。生与死的阴影果然还是长年来一直盘踞在我的脑海里。答案其实早就挂在天空下了，只要抬头一看，这栋建筑物的安危马上可以揭晓，然而我却眯着眼睛如同瞎了一般。

因此，当我迟疑地眯见它依然挺在阳光下时，那个刹那间竟然像个傻子般匆匆滚下了泪水。我赶回公司提报好消息，随后总经理宣布了一份最新资讯，全台失踪受伤人口不计，死亡通报超过了两千，房屋倒塌数听说已经破万了，其他的灾情还在陆续统计中。

马达老板听完简报，先是噤声不语，后来似乎被他逮到了什么契机，脸上突又露出劫后的狂喜，他估测各家银行可能会突然冻结建筑业的资金，很多公司将因此而被迫关门。他开始念出一些黑名单，其中有几个都是强劲的对手，也有平常他最恨的仇敌，他要大家跟着喊口号，喊完后齐声鼓掌，尘埃落定的空气中响着他最后拔高的尾音："我们——没有倒。"

但是秋子倒下了。

我匆匆赶回那个儿童公园时，已经找不到她了，地上摊着她没动过的豆浆烧饼，一个妇人看我跑来跑去，说你是她的家人吗，她被送到医院了。

我不在的那两个小时，检查报告说，秋子只因为失温而陷入昏迷，其余并没有发现明显的病征。于是我直接带她回家，开门一看，家已不像家，一些日用品四处塌在地上，只剩几片墙壁还在，我们每晚看着的那张海报也松脱垂下来，随着破窗的秋风微微地飘晃。

秋子辞去了花店的工作，每天上午坐在阳台晒太阳，午后的时间则屡屡陷入莫名的晕眩，再也无法走到公园等我下班。这还算好，一旦黑夜降临，她的问题才逐一浮现，浑身忽冷忽热，几口饭勉强下肚，没多久又全都吐光。

复诊后的秋子，被医生说成了什么症候群，恐惧和孤单长期积累，遇到天灾便一次爆发，没有特效药，只能依靠家人的协助慢慢走出来。何其无助的专业处方。走出来谈何容易，人生最怕就是停在走不出来的关卡，走不到东边竟也回不去西边。我不知道秋子卡在哪里，医生问我平常她最害怕什么，最喜爱的事物又是什么，一时让我支吾得语焉不详。我爱的是她的可爱，只爱到一半就非常爱了，怎么还有机会去探触到她的心灵。

我只能不断回想那漆黑的震晃之夜，秋子为什么一直站在原地蹦跳着呢，那时我们两人相距不过十尺，只要多走两步就能紧紧抱住她，没想到一时的黑暗竟也能够恍如隔世那般。

但我愿意帮她。我把家里收拾得干干净净，亲自填补墙壁的裂痕，到处搜来新颖的家饰缀满四周的萧条，还把最后一笔钱花在可坐可卧的木地板上。

秋子喜欢直接躺在上面，深沉的木头幽香使她不想起来，涣散的身心慢慢漾出一抹欢颜，她总算想要说说话了，一时说不出自己的记忆，便要我说些自己的趣事给她听。

说故事当然可以，但我想破了头，才知道自己是多么无趣，一路走过的荒野都那么贫瘠，哪有什么趣事好听。我只好试着回想更早的童年，尽量避开她不宜听到的悲伤，然而几乎所有的往事都很悲伤。

“不然说说你最糗的事。”

“我以为父亲是小学校长。”

“哇，他不是吗？”

“等等，我想到了。”

我终于想到有个小小的悲伤勉强可以笑着说说看：我最骄傲的七岁，那时我们住在一间茅草房里，村长免费借用的，平常用来堆放一些肥料和他的抽水机。在那个茅屋里，我用煤球煮过冬至的汤圆，满锅圆滚滚的桃花红和李花白，好不容易等到它们一颗颗滚出水面，两手提锅时却不慎打翻了，汤圆掉了满地，但是好吃极了，父亲下工回来连吃三碗。我吃得比较慢，因为母亲也要吃，我要把每个汤圆咬一半才能塞到她嘴里。

“为什么咬一半？”秋子说。

“嗯，我妈的嘴巴小嘛。”

总算被我逗笑了，却笑得小心翼翼，秋子抚着胸口把笑声压住了。

十月后的秋子渐有起色，但每晚的噩梦还是难免，醒来后急着穿上她的拖鞋，那凌晨一点四十七分的动荡一直还在脑海，看来真的是胆小得过度了。直到一次偶然的话题中，才让我听到了这样的话：

“小时候家里火灾，烧到横梁掉下来，我本来还有姊姊，结果烧成一个黑枕头。”

猛然间我才想起来，洞房那夜她没头没脑地说着萤火虫，本以为只是俏皮话般的娇羞，原来那是一个不幸的连结，就像每晚掩藏在她乳房下的那个伤痕，原来都是有凭有据的——难怪看到窗子没关就会恐惧，连一只萤火虫都让她忧心。

我们两个是怎么了，联系着相似的命运才会结成夫妻吗？

有一夜她哭着说，梦见了父母亲被一堵墙压在床下，村长派出两只怪手进行开挖，没想到用力过猛，活生生截断了一条腿、两条腿……当她描述着那样的梦境时，窗外忽然下着这年秋天的第一阵雨，她伸着脖子仔细听，看来好像听见雨声就清醒了过来，没想到又跳进另一个画面里，仿佛在自己的梦中说起话来：“以前屋顶破了，雨水滴滴答答，整晚不敢睡。可是你知道吗，离开家以后，现在好怀念下雨，雨天家人都在一起。”

“那就对了，我们现在也是这样。”

“不一样，你没听过真正的下雨。下雨的时候风在吹，竹林里沙沙的，好像有人在炒豆子，炒得很小声，但是我听见了。”

“有空我会陪你回去，把那些声音带回来。”

过了很久，秋子失望地说：“我知道你没有时间。”

我被她说中了，一连两个月，公司停掉了员工休假。冷飕飕的市场比冰天雪地还要惨，地震前的新订户要求退款，两年前预订的旧客户迟不交屋，马达老板不得不向总公司调度。一天早上他父亲终于亲自现身，八十五岁的老人拄着一根愤怒的拐杖，一进门就把儿子训斥得狼狈不堪。

马达老板后来急中生智，把我叫来搀扶老人家：“你跟老爷报告我们下个月已经有个应变方案，我等一下还有客人。”

“简直不成材，我要取消那个球队的赞助，以后别想跟我要钱。”

整个公司静寂无声，我陪着那根拐杖撑进电梯，一起上了顶楼花园。

我答应秋子的事一直没有成行，每晚回到家只见她还在昏睡，桌上摆着简单炊煮的饭菜，她自己一口都没吃，电灯只开着一小盏，整个家屋就像外面的市场一样，似乎全都冷掉了。

我坐在床边看着她的脸，多日折腾后已经瘦出了骨形，想叫醒她却怕骚扰到她睡梦中的自我疗愈，只好守在一旁等待着。错误是我造成的。倘若地震当晚那个惊悚的瞬间，我有着从容镇定的果决，那就应该把她披上棉被抱在床底下，而不是没命地拖着她往外逃，以致她的魂魄一路掉在地上，拖到公园后当然只剩一具恍惚的躯体。房子后来并没有倒，可见胡乱奔逃不一定正确，我从小学一路跑来这么多年，原来还是跑错了啊，秋子像是路边一个无辜女孩，只是倒霉地被我一伸手拉了进来。

我们通常对于未来总是一无所知，直到事发后才说那是命运，然而在那当下，我却扭转着命运那样地搏斗着，不愿相信刚开始的人生会是这么惨白。我默默扒着冰冷的饭菜，不小心的眼泪还是滴在碗里，两人一起吃苦多少还有温馨的余味，独自扒着饭只能面对着一盘辛酸，我边吃边等着秋子睁开眼睛，像个难民虽然躲过了饥荒，没想到还是漂泊在黑暗的深海。

当然，从几年后的角度回头看，那时的境况算是值得欣慰的吧，她虽然病倒了，至少没有离开我，我还能握着她的手等待她醒来。

我后来甚至突发奇想，想到也许有一种下雨的声音可以救她，连续跑了几家乐器行，最后总算稍稍得到了回应。那间乐器行附设音乐教室，一个女的正在练琴，我在她背后站了很久，等到一曲终了，我比划给她看，说我要的是一种用来伴奏演唱的道具，握在手里像根大骨头，摇起来有一种凄凄切切的声音。

“你要做什么用？”

“下雨……”

“下雨的时候摇？”

“不是，摇它的时候听起来好像下雨。”

她在纳闷中点着头：“你说的是沙铃。”

“里面有沙吗？可能就是吧。”

“可是我不觉得像下雨的声音呀，好像没有那种味道。”

她很热心，翻着一本小册子，打了三通电话，问不出更好的答案，于是继续问我：“你自己看过它长什么样子吗？”

我摇摇头：“只知道它有一种沙沙的声音。”

她开始露出一种“你到底想做什么”的表情，但也没有打算放弃，我想她下辈子一样还是个好人。她皱着眉头，把她眼中的沉思投在一张海报上，这时突然叫了起来：“你再等我一下，我想起来了，有一次我去参加竹乐器的演奏，好像看过那种东西……”

她又开始打电话，这通电话说了很久，最后连嗓音也变得沙沙的了。

她把一个地址抄在纸条上，说是一家做竹乐器的工作室，他们研发这种东西纯粹为了自己用，不见得愿意卖给我。

“碰碰运气也好，反正都问出来了。”她说。

我想也是。如果跪下来就买得到，我不认为那有什么困难。走出店门口的时候，她掀开琴盖坐下来，回头补充说：“那个东西叫作雨笙，也有人说是雨棍，我也是现在才知道……”

我按着地址找到那间工作室后，离开时已经很晚了。我把得来不易的雨棍藏在怀里，一路上忍不住想要拿出来揣摩一番，它像小时候的竹制钱筒那么长，斜挂在怀里就像一把剑。不过这是一把温暖的剑，那娃娃脸的竹艺老师当场示范给我看，从这边倒过去，再从另一边倒过来，声音大小用手控制，摇摆的速度可以调整大雨或小雨。

“你就把它当作沙漏好了。”

“没错，沙沙的。”

“你太太一定很幸福。”她说。

我回到公寓楼下时，果然还是忍不住了，趁着昏暗的梯间无人，偷偷地掏出来握在手中，然后对着夜空又练习了一次。

我悄悄换上了睡衣，蹑着脚尖来到秋子沉睡的床头，仿佛带来一帖深山解药，我想也只能这样了，有点想哭却又期待，横着雨棍慢慢倒向另一头，轻轻地摇，再轻轻转回来，果然遥远的雨声飘到了她的耳边。

沙沙的，好像有人在竹林里炒豆子……

这时她的眼睛果然跟着眯开了，像黑夜里终于亮起了星星。她伸手挽住我的袖子，把我当成了秋千拉过来，又推过去，大约是用力拉扯的关系吧，突然下起大雨了啊，一阵阵的雨声随风吹过了竹林……

“你怎么想到的，为什么要对我这么好？”

不就是一根长长的竹筒吗？竹筒里到底装了什么，只是一堆细沙吗，只是一种缥缈的幻觉吧，但秋子却真的醒来了，眼睛真的亮起来了，她随即翻身爬起来偎在旁边，脸颊上的泪水一滴接着一滴流下来。

我们各自又试了一次，这回她用力了些，竹林里的豆子翻腾着。

后来秋子整个人扑在我身上，她的身体已较往日瘫软，像是一种全身的覆盖，胸口对着胸口，毛细孔对准了毛细孔；还有她的唇齿，说话非常迟缓而一直吹来她的呼吸，甜甜的，唾液都变温了，宛如她私密的体内为我张开的一道热泉。

房间里面到处下着雨。

沙沙的……

10

地震后的马达老板，显然被市场的萧瑟氛围吓坏了，每天硬撑着上班，有时穿来一双大拖鞋，红肿的趾头延伸到脚踝泛着紫光。自从上次被他老父训斥一顿，他开始亲自接待每个来访的银行主管，笑谈中节制着平常的气焰，送客时不忘致赠每人一盒伴手礼，直到电梯门关上还睁着他过度谦卑的眼睛。客人走后，他这才活过来，要我去打电话，不管打给谁，反正他要知道现在几比几，球赛结束了吗，那左撇子有没有出来救援？

市场萎缩大半年后，陆续传来很多公司已经开始裁员，房屋倒塌的建商纷纷躲到美国西部、加拿大，还有案场的建商则每天苦恼着客人不上门，降价策略都没用，高楼恐惧症还在到处蔓延，任何行销包装都像把钱丢到水里。

这一天，马达老板把我叫进了一个小房间。

“你别小看这里，普通人一辈子也进不来。”他说。

房间最多十坪，四周没有窗，启动中的抽风机像一群黑蚊聚集。

他说了几个来过这里的神秘贵宾，有的还在“行政院”，有的是“监察院”热门人选，至少目前每个都当红。

“雪茄象征一种权威，我想也该让你开开眼界了。”

密室里有两排酒柜，旁边是一座玻璃箱，看来像福利社卖着冰棒。

他把玻璃盖推开：“最好的雪茄都在这里，你随便挑一支。”

我甚至没有闻过雪茄味，除了咽口水，不明白他为什么要对我这样。

“古巴的最贵，我看你就试这一支好了。”

他拿出半圆形的专用剪刀把头剪开，啪嗒一声按响了喷枪，两支雪茄霎时烧出了仿佛这个世纪末的红火。这段萧条时日，他在家族兄弟中算是受尽奚落了，把另一支递给我之后，他张开大嘴开始猛攻，那大炮一样的古巴（注：雪茄名，下同）不断冒出了愤怒的烟火。

“这种时机，躺着不做事就算赢。”他说。

“我已经弄好一个联合销售中心的构想，把余屋全部结合起来促销，正在接洽果菜市场旁边的那块空地，推出时每个案子一起打。”

“这他妈的好，我就知道你有在动脑筋。”

“董事长，你是不是还要交代我做什么？”

“小子，你没看到我在忙吗，我正准备要灌你迷汤。”

他含着那支古巴说话，焦褐色的大炮塞满了嘴巴，使得吐出来的每个字含糊又像倾诉，说到一半赶紧吸上一口，烟头上的战火这才又开始炽烧。原来他的两只手还在忙着，正把一瓶红酒夹在膝盖上旋转，那个开瓶钩大概是插歪了，瓶塞碎出来的软木屑掉满了裤裆。

除了雪茄，我也不曾碰过一滴红酒，自然帮不上他，只好一旁愣愣看着他的动作，注意着他的雪茄缝又蹦出什么话头。你陪我喝一点，操他妈。后面这一句非常清晰。

“我本来以为来了海啸，不去冲浪就好，没想到泡在沙滩上更危险。这样好了，既然你有联合促销的构想，我也来加码一个买就送专案，只要现在下订，公司就帮他负担前两年的贷款利息。你看效果会怎样？赶快把本钱抽回来就好，不然照目前这样一直拖下去，我可能会死在这里。”

“效果一定会有，但董事长真的要这样做吗？”

“我老爸会反对是不是，你要知道，房子卖不掉，他也会遭殃。”

他把自己的酒杯倒满，三口就灌掉了，斟第二杯时朝我催促着。

我捧起高脚杯才喝半口，一股醇厚的气息已经沿着舌尖、味蕾冲上脑门，浓郁的酒香有着阳光晒过的味道，刹那间把嘴里那股雪茄的余韵收敛起来。

两种珍品我都尝到了，除了辛辣又香醇，想必还有我所不懂的秘密层次，尤其是雪茄，虽然体会不出它到底会有什么象征，但光是握在手上就觉得很有权威了，一把武士刀都没有这么威风。

“你看起来就是应该抽雪茄配红酒的人，总有一天你会迷上它。我应该没有看错你，当初你来应征的时候，眼神是那么坚定，好像要来报名参加敢死队，以前吃过很多苦喔，苦过头了吧，没关系，说不定就要出头了。”

“我现在过得很好。”

“要不要更好？”

我不懂怎么回答，很讶异他这样问，心里怦怦然沉醉起来。

“我像你这个年纪，已经混到美国了，念过五所大学，老婆还是美东最漂亮的校花。你可能不知道，我母亲是三房，要不是这几年大家开始争财产，我才不回来。”

他又啜了一口，这回是他的古巴，吸得很深，火星像他泛红的眼神：“你看外面，现在二〇〇〇年竟然这种鬼样子，再这样下去，那几个兄弟就等着看笑话了。总经理是大房引进来的，财务长是二房那边的近亲，这样你懂了吧，周围你所看到的，全都不是什么好东西。”

他把烟喷掉，沉下来说：“你来当我的心腹，跟我离开这里。”

我的雪茄早就熄火了，打开喷枪后，学他深吸一口，嘴唇微微地颤抖，这次闻到的香气有点意外，香得非常深邃，仿佛穿进了内心深处的肺腑。

我期待他继续说下去，说得越详细一定更精彩——他想带我去哪里，哪里比这里更好，我当然期待秋子和我有个比这里更好的地方。

"先让你知道，我想把总经理留下来善后，你跟我去台北。那里有一大片山坡地的开发已经核准通过，既然地震后只有别墅吃香，那就好好抓住这个天赐良机。我们的祖产里就这块饼最大，流口水的人也特别多，你就跟在我旁边，刚好可以帮我一起防小人，而且你也应该趁机会施展一番了，保证以后可以提早退休，一辈子都吃不完。"

喝酒对我来说最不擅长，没多喝几口，想要起身时已经微醺了。

离开那个神秘的房间时，马达老板问了一句话：

"你知道我为什么挑上你吗？"

茫茫然的我，听见他在满口烟雾中喷出了两个字：真诚。

11

秋子回到花店上班了。

病后的她添了些许愁色，使得颈后徒长的发尾飘着仿如小妇人的沧桑。本想建议她再去剪短，后来觉得这样也好，一场病换来一个更成熟的秋子，我喜欢她有这样的改变，说不定因为留了头发，脸上多出了几分妩媚，到时候我就不爱她的可爱了，爱她所有的一切那样地爱着吧。

我经过花店时还是会偷偷吹起口哨，看她微笑着和客人一起挑花，帮情侣们搭配着满天星环绕的玫瑰或百合，那清瘦的模样让我心疼，让我觉得倘若以后她的病全都给我，我也不见得会比现在的自己还要难受。

这天晚上她难得想要出门，吃过饭后我提议先去看场电影，半路上她改变了主意："逛街不花钱，好久没有逛街了。"

也好，去哪里都好，看电影虽然也很重要，但还有什么抵得过她的欢心。逛街就逛街吧，喜欢什么就买一点，活着不应该只为了不花钱才去逛街，有人是为了不生病而去逛医院的吗？

但我没有说出来。百货公司正在举行周年庆，每个柜位挂着打折酬宾的标语，我们搭电梯到最上层，再沿着电扶梯逐楼走下来。上次我没有坚持那件短大衣早就有些懊悔，这回偷偷挑了两条丝巾夹在腋下，也替她相中了一件套头毛衣，只要她愿意，花再多钱也要把她呵护起来。

等着柜台结账时被她发现了，一件件全都拿去归了位。

"如果一定要买，我们家缺一个水壶。"

果然她在家电柜位上挑了一个，苹果绿的珐琅质，小得只能喂鸟喝水，细细的壶口像个不开心的嘴唇那样地噘着。

"太小了，你看它的嘴巴，好像喊着要加水。"

"你对我这么好，我就帮忙加水嘛。"

我只能闷在心里，她的节俭其实反射着我的无能，我无法理解女人竟然有她这等物质上的苦撑，她曾有一支粉桃色的口红，用完就没再买了，两片嘴唇因为失去润厚的光泽，像饿了三天那样地苍白着。

上周她还气着自己的病，说要赶快好起来，才不会把我拖垮。

隔天她又一个人跑到那公园草地上跳起绳子了，我从窗口看到的是一个小肩膀在那里浮动着，黄昏的薄光映着那条晃来晃去的绳圈，像已经消失的游戏突然跳出一种幻影，跳得那么孤寂。

这时候的秋子逛不到一半就提议回家，只因为水壶已经买到了。

我的心事却还卡在胸口，带出门又带了回来。本来想在路上全盘告诉她，让她分享一个翻身机会所带来的惊喜，却又想到她的身况说好还没完全好，受得住我将要离家北上的冲击吗？我更懊恼这种事忽然有点分不清，若纯粹为了自己，不去台北也就罢了，却明明是为了她才更不敢开口的啊。

我的毛病也许就是想太多，不像秋子有话藏不住，说得又快又急，一旦快乐的事越来越少，说完就没了，后来几天只好不停地重复着重复着。

如果她是幸福的，还要重复着那些早已冷却的话题吗？

当我还在推敲着如何告诉她时，其实已经来不及了。

我未免小看了那只水壶。如我所说，我们对于未来总是一无所知，没想到光是一只小水壶就把所有的秩序颠覆掉了。那鸟喙般的小嘴其实含着厄运来的，从我们家喷出第一道水烟时，冥冥中已经煳掉了我的人生。

第三章

如果没有遇见我们，你还能看到谁

白琇小姐，事情的源头大约就是这么微小，若要把它归类为爱情的变故，应该也是普通小人物才会放在心里的爱情。一切事物的变迁如此巨大，竟然只因为秋子买了一个水壶回家。

我们高高兴兴抱着那个小水壶回家后，当晚果真泡起茶来，苹果绿的细壶口，像噘起小嘴看着我们喝茶，我们根本不知道它除了喷出水烟，原来已经暗暗启动了人生某段开关。白琇小姐你就称它为命运吧，很多人碰到这种难解的巨变都是这么定义的。然而对我来说，还有什么是不能理解的，说穿了就是因为一个水壶罢了。

我忍不住想要告诉你的是，那个水壶附赠的摸彩券抽中了单眼相机。

开奖那天并没有任何预感，纯粹只是个非常普通的星期日，秋子想要庆祝马达老板对我的器重，我们在一家原味小馆享受着美好的午餐。

“好奇怪，我们是在庆祝吗？吃完饭，你是要离开我的呀。”

我的忧心其实也没有说出来。秋子偶尔还会想起地震，有时一点杂音也会引来幻听，更别说以后每天清晨直到夜晚，她的生活都要独自摸索，这些心事虽然没有挂在她脸上，但说话的声调已经没有那种雀跃般的尾音。

饭后我们经过那家百货公司时，门口的小广场集结着欢呼声，人潮甚至溢到了行道树下的花圃，扩音器正在喧嚷着中彩者的编号。就在那一瞬间，原本不带任何意义的那个瞬间，秋子的名字突然被那支麦克风叫了出来。她紧抓住我的手不敢相信，直到广播又确认了一次，她才往前挤进人圈，麦克风这时仿佛也找到她了，更加热烈地狂叫着那个高档的奖项。

秋子转身望着我，然后在那些人群中跳了起来。

多么诡异，白琇小姐，一个悲剧竟然是从喜悦中酝酿出来的。就因为买了水壶，然后有了这台相机，半年后我们突然踏上了去你们罗家的途中。

1

台北县境，初春的晴空下，新店溪沿着山峦下的峡谷湍流旅行。

马达家族二十年前持有的祖产地，坐望三个不同面向的山谷，东边对着潺潺流水，往南直通悬崖下的谷地，转个弯就看到了密密麻麻的大台北。土地开发许可通过后，这片土地算是拥有了难以想象的雏形：学校、市场、停车场、滞洪池、儿童公园、公共社区中心，还不包括计划中的温泉和一条商店街。

施工便道四处可以穿通，六部黄色挖土机遍布在低坡、高坎上，每天一贯的动作就是挖方与填土，偶尔铲起地底下一块嶙峋大石，便又是一阵黄沙扬起，在轰隆隆巨响中漫向看不见的天际。

临时会馆搭在视野绝佳的一块观景岩磐上，楼下充当工务指挥所，二楼配置办公区和一间简报室。第二代的马达家族携着家眷到齐后，楼上的窗户满满地溢出人影，出檐的平台上滚跳着孩子们追逐嬉戏的笑闹声。

我戴着夏天的帽子，来回穿梭在挂网修筑中的边坡，春天的矮灌木又青又翠，一丛丛的山芙蓉、野鸭椿植满了坡坎，沿路的泄水坡道旁已经开着红白交映的杜鹃花。远处正在进行台湾榉木的全树冠移植，吊车缓缓升空，高高悬起的钢索稍稍震晃几下，那些老树便应声抖下了落叶后的残枝。

机具调度的声响偶尔刚好停歇下来时，我才听得见楼上拍桌咆哮的声浪从窗口传来。那些嬉戏的孩子被叫进去了，马达家族有人关上了窗户，那火爆的声音便像一群人掩着嘴巴说话，所有的愤怒闷在里面，直到吊车再度缓缓升空，挖土机砍起了另一坡的土块，楼上那些声音才被淹没下来。

马达第二代有八个兄弟，除了两个医生、一个科技业者，其他大都各自掌理过去以来的传统本业。我的直属老板算是最年轻的辈分，大概因为来自三房的出身较为卑微，掌握集团里的建筑部门自然令人睡梦不安，难免在这庞大的开发案上处处成为众家质询的箭靶。

有一派人怀疑老八的能力，主张三十公顷的土地不如整批转卖。

另有一派不忍祖产转手他人，建议寻求上市的知名建商合作开发。

家族会议结束后，我的马达老板铁青着脸走出来，他的身形高大黝黑，那张脸比实际年龄显老，在八兄弟中像个命运多舛的败将。他走上陡坡对着空谷撒了一泡尿，等着兄长们的车子陆续开走后，这才点起香烟深吸到肺里，连着一股怨气大口喷了出来。

他问我准备好了吗，我说准备好了，球鞋已经换上了皮鞋。

司机开来了一部高轮的休旅车，我跟着他坐进了后厢，拖出椅子下的帆布袋让他再瞧一眼，那些刺眼的东西都还乖乖躺在里面，一张都没少。马达老板干这种事也许早就麻木了，对我来说却是第一次，钱虽然那么可爱，但太多钱放在一起反而让我紧张，本来它是一切事物的通行证，这时候却像一堆违禁品见不得光。

车子开到新店市区一间茶栈时，对方还没来。我们分开两桌，连各自点选的饮料都不同，我负责把帆布袋挤在自己的脚下，小口喝着滚烫的姜母茶，随时注意着窗外的动静，只要对方进来谈妥了事情，马达老板会给我一个眼色，这时我就要跟着对方走出去，把整个袋子放进对方的行李箱。

趁那个人迟迟未出现的工夫，他望着空荡荡的门口，再也忍不住沉默，突然像个间谍用他宽厚的背部对我说："他们光吵着要卖土地落袋为安，干他娘，有想到我每天冒着风险干这种事吗？"

我还没习惯说话时不看对方的脸，只好默默地又喝一口姜母茶。

“现在你总算明白了吧，我为什么找你来台北？”

“真，诚。”我含着姜母茶告诉他。

十多分钟后，那个人终于现身了，我尽量不看对方长相，只知道来人穿着风衣，像一个黑影蹿了进来。真诚。我甚至特别仔细听着店里的江蕙唱歌，不希望他们一丝丝的窃窃私语飘进耳里。江蕙唱完后，我开始想着秋子正在儿童公园晒太阳的样子，或者她正在讲电话，到处问朋友如何使用那一台忽然抽中了的单眼相机。

后来我总算把今天的任务完成了。我只听说山坡地的水保出了问题，山阴面的挡土墙有些瑕疵，环境影响评估还在进行，杂项执照的取得还要拖上一段时间。其他的事我不想知道，譬如送钱，送给谁，哪一个关卡可以用钱打通，我不希望只是为了做这种事才来到台北。

但这时候的马达老板似乎乐坏了，显然对方已经给了他满意的答案。联系了两通电话后，车子来到一家小型饭店门口，他把司机支开，带着我搭电梯上楼。楼上的甬道旁有个小客厅，直接对着窗外正在降临的黄昏，一个人都没有，茶几上两盏台灯亮着分不出白天或夜晚的光。

“放轻松，我叫几个来让你选。”

我还没听懂他的意思，一个中年妇人已经走过来，后面跟着一排长长的大腿，每只腿裸着白白的膝盖，再溜上去简直就是梦一样的幻影，我的眼睛只好停在红色地毯上，看着那几只红红白白的鞋子发呆。

妇人忙着和他搭讪，两人熟稔得好似左右邻居，她忽然凑上来咬耳朵，说完后哎呀一声推开了他的肩膀。于是我的马达老板这时站起来了，他跨身搂住其中一个柳腰就往电梯走，回头说：这几个都不错，你今天来对了。

后来我逃到楼下的大厅等他。我的心跳有点紊乱，可能是她们长得太过美艳，或只是因为我不曾这样，急着想要适应的念头大过了心里的惊慌，但也可能是因为觉得这辈子不会做这种事，所以有点……有点不舍吧，我不明白这是什么想法，但光是这样就很刺激了。

我正在玩味着刚才那样的梦幻时，没想到那翘屁股的柳腰已经下楼了，她走到门口犹豫几秒，突然朝我的沙发这边走来，一屁股坐下，拿出袋子里的东西塞进嘴里。我瞧着电梯那边的动静，很讶异她突然坐在我旁边，她把那包东西递给我："牛肉干啦，我知道你在这里等他，要不要吃几块，这样才不会无聊。"

"他为什么没有和你一起下来？"

"我不能说客人的坏话。"

"那……你也要等他吗？"

"为什么要等？做太快了啦，我只好下来这里等车。"

她的牛肉干很辣，辣到了眼角，我嚼了两下只好含在嘴里。

2

秋子习惯把睡衣搁在伸手可及的床头，方便自己随时撩起一角掩在胸前，宁可褪尽她的一丝半缕，也不轻易露出左边乳侧的伤疤。如何想象一个女人成了妻子还这般坚持自身的洁净，光看这微小的举动大约就能明白。何况那个疤痕其实很小，不超过半个掌心，只是肌肤表层略有微凸的皱面，不像一般的胎记那样平整无缺。

不过就是心灵上的一块皱褶罢了，每次看她这样，就又想起这是她的愚蠢呢，或是因为爱我太深。于是抱着她的时候，总有着连她的伤痕也要紧紧抱住的想法，一直到她唔着闷声喘不过气来为止。对我而言，她的肉体并不只是女性的附属，简直就是我所对待的自己，两者早就叠合为一，彼此不该还分彼此，中间已然没有隐秘的空间。

这种感觉也许她不能体会，或者她虽然知道，却不愿面对不完整的自己，才一直用她自认还算美好的部位和我交欢。

第一次从台北返家，那天晚上被她当成了初夜那样地矜持着，果然那件睡衣更不能离身，加上房里只亮着一盏暗暗的小灯，使得那小小的旧创更像一只寂寞的眼睛被她蒙了起来。

但在偶然间，我还是看得见它的若有似无，无论她如何掩饰，总有翻身滚动的瞬间，那只眼睛难免就会从睡衣下摆挣脱出来，带着它多年来的忧愁，寂寞地对着我睁开。我尊重她却又想要偷偷地看它，行进中便有着一心两意的惆怅，一半对着秋子缠绵，一半对着它幽幽思念，宛如两个秋子和我一起同欢，一个悄悄看着我，一个把我紧紧抱在怀中。

宛如痉挛起来的秋子，眼底飘着恍惚的雾白，再怎样的矜持也有肉身迷离的时刻啊，当然就没有什么是她掩藏得住的了。薄细的衣缕下，久旱的小良田，多么难得的春夜里的秋子，她一直想要翻身起来把我驯服，却被我不知何来的蛮劲完全覆盖了。

半夜里我们还起来泡茶，她细诉着七天以来的种种不安，除了上午可去的花店，午后她做了什么，黄昏她做了什么，漫长的夜晚她却又什么都不做地看着电视出神，假装我在旁边，直到终于在椅子里慢慢睡着，半夜醒来后才回到房间等着天亮。

“那你呢，山上一定很好玩。”

“我看到竹子就想到你说的孟宗笋，小心翻开叶子，仔细看着泥土上的纹路，说什么笋子会在土壤里面呼吸，我都听不到，听到的都是自己的。”

“笨蛋，我家那边才有孟宗笋。”

“我看到很多尖尖的冒出头，不知道那是笋子还是竹子。”

她又抬着手横在脸上笑着了。除了竹子，还问起了山上碰到的新鲜事。

说到竹子她就笑了，整座山如何说得完。我把山坡地开发的繁琐事务跳过不谈，说的都是生气蓬勃的绿化植栽，十年后那里的枫树就会伸展成林，满山的杜鹃不分季节开花，而茄苳林很快就会掩盖所有的山径，走在夏天的树下完全晒不到空中的烈阳。

“我睡在临时会所里面，前几天又听到他们为钱吵架。”

“原来他们也有烦恼。”

“还好啦，穷人还要吵架那才倒霉。”

“嗯，后来呢，他吵赢了吗？”

后来，后来我说马达老板以前打过青棒，就算每次都是落后的一比七，但是要他彻底服输也很难。至于后来的后来，就不能说了，一个女人坐在我旁边，请我吃着黄昏的牛肉干……

“换我说了。”她说。

“你最好说到天亮，我可以在车上睡到台北。”

于是秋子仿佛开启了那台相机的入门之旅。她问过几个玩过相机的人，也买了一本摄影指南，后来朋友建议她听课比较快，昨天已经上过第一堂。

“而且是免费教学，每个星期一次。”

她去把相机捧出来，呵护着孩子般，还跟它说起话来。

“你拍出作品了吗？”

“还没啦，我不敢，第一张会很丑。不过上课的时候我举手了，我问说像我这种初学者，先拍人物还是风景啊。可恶，大家都在看我。”

“不看你才怪。”

“你知道吗，老师没有回答，他也一直看着我。我真的很笨吗？以前我端盘子的时候，明明为客人说菜，他们偏偏就是歪着脸，看我露出牙齿才高兴。”

“生手都会紧张，你慢慢来，反正都有第一次。”

“啊，老师说的跟你一样，要我学会慢慢走路，才拍得出好作品。说得是没错啦，好像很有哲学味，可是也有坐火车拍照的呀。慢慢走，嗯，我的缺点你都没说，我是不是要改，走路要慢，说话也要慢……”

“你看过麻雀突然慢半拍，飞得像老鹰吗？”

可恶……她耸耸肩，白了我一眼，却把自己的脸逗红了。

一个月后，她参加了一趟摄影小旅行。海滨湿地，小镇古宅，还有老师家听说独一无二的大樱花。一群学员挤在樱花盛开的照片里，秋子穿得单薄，这天应该很冷，她瑟缩在第二排的中间，看起来是那么寒酸的孤单。

看完照片后，我说我们去买几件衣服吧。

她说冬衣都要收起来了，天气一点都不冷。

“你怎么都没反应，不想看看我的处女作吗？”

“哇，没想到你真的出手了，上次还说怕丑。”

她一定很想知道我的评价，主动去把藏在抽屉里的照片拿来了。我第一次看到的樱花毕竟是属于秋子的，自然充满着惊喜，看得非常仔细，应该是吉野樱的稀有品种，花瓣粉红，花心晕着红胭脂，像一树樱又像一树桃。

但是，坦白说，照片里的樱花未免开得太过肥肿，显然秋子当时局促在人家的围墙内，距离太近反而拍不到苍劲的分枝，以致那些枝丫伸出了墙头，明显地消失在小小的边界中。

3

全面动员的整地修坡后，崎岖山头已见平坦开阔的地貌，所有的杂木皆已铲除，深根性的原生乔木沿路错落着，成排的大树底下连结着植生绿带，斜坡下的暗管也都接通了水泉，几只绿头鸭穿游在水芙蓉环绕的埤塘中。

马达老板为了提高胜算，挑了几家颇有代表性的销售公司前来简报，有的针对建筑师的规划进行市场评估，有的稍作修改后提出建言，更大胆的公司甚至建议把价码翻倍抬高，每户均价破亿，因地貌关系而雄峙在岩磐上的楼王则号称三亿不卖。

马达家族自从上回不欢而散，这次听完众家简报后总算一片祥和，唯独八十五岁的老爷当众泼着冷水，幸好他特别专程前来，颇不认同代销业者为了接案而哄抬价位。“时机还不对，你们多用一点脑筋，要卖得出去才是真正的价钱。”

家族老大说：“广告都是他们花钱打，不会开自己玩笑吧？”

上回坚持卖地的老四说：“打七折还是比卖地好，我可以接受。”

外面旗海飘扬。上个月委托代理的公关公司早就出手了，几家电视新闻频道还偷渡了一个话题——我的马达老板穿着录影前夕临时添置的阿玛尼，雪白的立领系着金钻色的蝴蝶结，他站在赶工中的门厅大谈着年轻时代的梦想：以前那么拼命，就是为了有一天可以退隐山林，成功的企业家现在都有养生概念，每天都想往山里走，但我觉得还不够，应该住下来……

听说 NG 了六次，最后定拍时，秘书发现他的右嘴角还有槟榔渣。

春天过了，开发时程越来越紧，接下来的几天，马达家族又对销售公司的遴选争论不决，直到逐一淘汰后剩下两家，一家人才又集合起来。为了避免重演三大房的豪门恩怨，远从高雄一座大庙赶来的老六提议说："干脆秘密投票好了，这样大家都可以闭嘴。"

"也好，不然举手表决还是吵翻天。"不知老几的兄长说。

交代楼下开始赶制投票签筒时，他们才发现八兄弟恰恰是偶数票。

"这个家永远多出一个人。"科技业的说。

有人瞪他一眼，再来就无人吭声了，外面依旧飘着旗海，远处聚着浓云的天空逐渐黯淡下来。我把墙上的投影再放一遍。

甲公司历年业绩、去年业绩、最新代表作、整体销售率、市场评价。

乙公司历年业绩、去年业绩、最新……

我照稿念到一半时，有个声音突然岔进来指着我："就是你啦，我刚好想到了，干脆把你拉进来凑第九票。你们的意见怎么样？老八没有功劳也有苦劳，我看大家就不要计较了，就算白白送他一票，也是给他一点动力。"

老八——我的老板，鼻子里暗哼一声，脸上不动声色。我知道他属意甲公司，对方喊价最高，光是第一期的总售价就平白加码了五亿元。

显然这是一个大赌场，我第一次见识到财富与钞票是多么不同，原来财富是玩出来的，不像钞票还要捻着手指慢慢数。我的背脊发凉，这第九票是那么可怕，如果本来四比四，它刚好可以决定生死，这么渺小的我忽然被迫任重道远，简直像一顶高帽把我罩住了烂疮。

问题是我不喜欢甲公司，听说他们擅长各种行销游戏，经常串联媒体翻云覆雨，只要哄抬的机会到手，没有一个客人买得到真正的底价。

投票就要开始了，我看见马达老板瞟我一眼。这两天他没睡好，痛风又来找麻烦了，中午还瘸着腿在那片斜坡路上慢慢拖行着。我应该帮他，对他真诚的时刻终于到了，何况他的眼神是那么镇定，看得出他对我非常放心，毕竟只要拥有了我这赤胆忠心的第九票，他所期待的马上就会苦尽甘来。

真诚。我喜欢这两个字，像爱一样，看起来那么纯净，不容一丝怀疑。我投下真诚的第九票时，外面已逐渐黄昏，鸟雀一波波飞来聒噪着。

开票结果出来了，竟然就是神奇的五比四，甲公司淘汰出局。

现场一片哗然，错愕声中却也总算落定了尘埃。

七兄弟相继开走自己的座车后，马达老板缓步撑到那块岩角上撒尿，然而这次他停了很久，大概望着迷蒙的远山，从他背后看到的三七步就像一棵歪斜的小乔木那么孤独。

后来我跟着他来到山下的餐馆，叫来一锅羊肉炉吃起了晚餐，限量而且是最后一锅了，老板说明天换季后的食材已经没有这一味。微闷的晚春，痛风使他不敢再疯喝啤酒，他改喝一瓶五加皮，几口之后太阳穴一片赭红。我随时戒备着他的质问，小口喝着碗里的汤，只想着他要是发了火，那到底该怎么回答。没想到他吃得极为认真，大概意识到这真的是最后一锅了，埋头啃着同一块带骨的肉，这块肉未免也太过雄厚了，滑到汤里溅了出来。

一直到我把休旅车开进台北，他才打开手机，对方又是那个妇人。

“那个公园我知道，怎样，来几个？那我过去看看。”

绕了很久才出现的伊通公园，小小地飘着春天的夜雨，路灯有些惨淡，几个女生偎在一个亭子里躲雨。他要我停车，暂时不要开门，从车窗看出去的那几张脸使他有点颓丧："我女儿在美国念高中，就像她们这些年纪。"

他拨出手机开始骂人。不干了，他说。

我们又从原路绕出来，车子开往吉林路，来到了他们家族的私人招待所。他说有点晚了，你要不要过一夜，明天一早再上山。

"我习惯睡在临时会所，听到鸟叫刚好同时醒过来。"

"也好，习惯就好，反正我知道你是一个怪人，不然刚才有一个很辣，光看她的大腿就知道里面没穿。你都没有性欲吗，这辈子要怎么过，不要跟我说你离开老婆就像出家。"

"下次我想想看。"

"男人一起嫖妓才算交心。"

说完他就下车了。关于投票那件事，显然他一直放在心里，只是很意外他没有说出来。回程中的山路无声无影，到了山上更是静得出奇。我给秋子打了电话，她说客厅现在插了很多花，都是店里没卖完的，玫瑰当然剩最多，没想到还有两三枝的木莲，含苞的喔，红色白色都有，我把它插在你的桌子上，闻得到吗？骗你的啦，木莲闻不出来……

我闻到的是一阵阵的晚香玉，终于开花了，从会所后面的窗口飘进来，浓浓的脂粉味，刺入鼻心那么香，好像整张脸埋进去了。车祸前的母亲亲手种过它，开花剪下来，随手搁在瓶子里，香味一直留在五岁那年的脑海……

我并不那么经常想起她，悲伤的时候尽量避免，快乐的时候更想把她忘了最好。只有面临着空虚的处境，譬如现在突然飘来晚香玉的瞬间，那股空虚感才会穿过看不见的秋子，形成一种孤独的漂浮，整个人慢慢坠入黑暗的世界，这时的脑海才会浮现她的脸，却又不见得清晰，有时是车祸留下来的残面，运气好的时候才看得到她插着晚香玉的笑颜。

由于这样的情绪，整个晚上便又难以入睡了，一个人仿佛躺着一座山，所有惊蛰过后的虫唧、蛙鸣一起放声扑来，一阵又一阵波动着晚香玉的周边。

显然投票那件事，我也一直放在心里。

马达老板不问那张票投给谁，反而使我无法进入梦乡。

4

以五票胜出的乙公司，第二天早上就来把销售合约签走了。

兴建中的接待会馆顺便转手卖给他们，进度上如虎添翼，销售筹备期大幅超前，广告鹰架没几天就在山头山尾组立起来，临时租来的两部迎宾专车开始回绕在山路上，连山腰处坐在茶亭歇脚的登山客也顺便带了上来。

案前的引导广告先行探路，包括CF影片、平面媒体和车厢帆布、沿路看板等等，集中火力主打着这一行字，充满着诱惑却又目中无人，有点非我莫属那么嚣张。设局非常高妙，气焰高人一等，一出手果然来势汹汹。但是就我所学，虽然它可以击中高端有钱人的寂寞要害，无形中说不定也会伤害到某些族群的低调情感。

那几个字运用各式各样的媒材包装，有时黑底白字像机关枪哒哒哒跳出电视荧幕，有时意外地出现在小面纸的随身包上，更有一面遮天看板矗立在峡谷上方，每天总有几只学飞的雏鸟撞死在看板竹架下。

乙公司订出了四十天的潜销期，正式广告还在酝酿，每天已有过路游客陆续上来，现场一把把的大伞撑出下午茶时光，林子里的茶屋弥漫着五月的咖啡香，从五星级饭店请来的兼差师傅甚且提供桌边服务，奶油蛋卷配一杯玫瑰茶，平底锅不时油炸着山间自产的焦糖香蕉。

马达老板每天午后坐在一棵刚移植的苦楝树下，他不能吃太甜的香蕉饼，只好专攻曼特宁，一喝两杯，无聊时就拿起望远镜搜索着接待会馆的进度，有时还让镜头随着来客飘移，追踪他们是否赶着下山，或者突然掏出钱来。

一个月后，他的望远镜开始对着雨后的天空，连飞机留下来的两条白色烟云也不放过。

他问我到底怎么回事。“是不是连一户都还没成交？”

我请他不如把望远镜调转到南边的坡坎，他应该关心的是天空底下那一整排的挡土墙。上个月的梅雨已经冲垮过一次了，经过加紧处理后，钢骨深达地底，组模加宽增厚，混凝土浇置了两倍多，挡土墙柱硬是撑高了三米。紧急应变措施虽然做得不错，但客人看到那么高的挡土墙反而更怕，难免想象有一天它又会倾塌下来。

我建议他不如放弃南面的开发，这一座山才不会被它拖垮。

“你不知道它现在多坚固，十部卡车也撞不倒。”他说。

每晚我睡在临时会所最清楚，从后窗望出去就是挡土墙上的顺向坡，白天绿草如茵，没想到那天半夜里忽然传来惊醒的鸟语，仿佛有人偷偷攀越树林进来了。一串鸟鸣过后，接着一阵细细碎碎的耳语，好像一大群的小偷说着悄悄话，话刚说完，整片山头如同一个大沙漏倒向斜坡，泥流带着砾石滚滚而下，牢不可破的挡土墙应声趴在黑色山洪中。

“听说外面的同业开始攻击了，说我们在复制林肯大郡的悲剧。”

“操他妈，去把那些人查出来。”

客人都走光了，他把望远镜调回他的天空，一只鸟都没有。

十天又过去了，正式广告终于大幅开打，连续三天以跨页的报纸猛攻，果真来了一堆避暑乘凉的散客。马达老板开始有些坐立不安，他躲到会馆屋顶的小花园里，两个助理临时从仓库找来一把大阳伞撑开，把他焦虑的情绪罩在一片阴影里。他特别叫住了其中的小婉，小婉你说说看，现在楼下的客人多不多？小婉说很多。很多是多少，销控台那边有人在拍手吗？

小婉摇摇头：“报告董事长，我们也好想拍手喔。”

“那就赶快下去拍，你叫他们把手拍断了再来见我。”

山区提早入夜，黄昏里的客人一个个散掉了，马达老板这时才回到楼下大厅，他背着手来回走，停在一个女业务员面前：“告诉我今天的感想。”

“来客的层次好像不太对，不然我有信心。”

又停在一个男业务员面前：“不要说同样的话。”

“客人嫌太贵，不想听我介绍产品。”

停在专案经理面前时，他多看了几眼，忽然有点感伤：“我在你这个年纪就一个人跑到美国了，坐地铁的时候，有个黑人拿刀抵着我，说了一堆溜口的黑话，反正就是要命给钱那种术语，结果我翻两下就把他的手折断了。你想不想知道，我怎么办到的。我身上就算有枪也来不及拔出来，又没有学过功夫，坦白说怕得要死，但是我突然拼命一直笑，笑得眼泪都流出来了，那个黑人以为被我抓到什么弱点，愣在那里，一分心就被我撂倒了。”

现场没有人笑得出来。

“你现在这种失魂落魄的样子，很像那个黑人。”

“报告董事长，我懂您的意思。”

“你们公司来做简报的时候，气势多勇猛。回去跟你们老板说，赶快调整策略，刀子要拿好，不要一下子掉在地上。”

突然冒出来的黑人把我唬住了，他说得那么严肃，就像以前参加吊丧场面也是那样的逼真。我觉得他比较像个浪人，天涯到处都曾经翻滚过，什么话都说得出来，没道理也能说得很有道理，只是他的内心一定有个神秘缺口吧，我不知道那是什么，只知道那缺口如果填补起来那就再也不像他了。

回家后我测试过地铁里的那个笑话，秋子竟然也是不笑的。

“那黑人好倒霉，到了医院还在想，他到底笑什么呀。”

连秋子也笑不出来的马达老板，一个多月后和销售公司达成协议，所有的广告暂停，两名员工留下来善后，沿着坡坎的旗帜也撤走了，整个仲夏趴在烈阳下来不及拆掉的看板竹架停满了唧唧大叫的野鸟。

业务正式退场后，这天夜晚，他叫人下山买了酒，一个人躺在开阔处的草坡，我找到他时已经破了戒，啤酒一口气喝掉三罐，弃而不顾的两只烂脚搁在那双拖鞋上。天上闪着万颗星星，可惜他一直闭着眼睛，手上的烟烬还留在指缝里，可见已经躺了很久，动也不动了。他被这波连续扫荡的广告打败了，败得非常难看，七个兄弟每天轮派一个人上山打探，他刻意躲起来，一声招呼也不打，对方带回去的讯息想必是越来越难听。

没多久我也跟着喝下两罐，星星太亮了，让我忽然有些迷惘。我跟着他将近四年，此刻一起躺在新店溪不远处的山丘上，是要庆幸来到这片天地呢，还是应该赶快离开这个鬼地方。

没想到这时他终于提起了那件事。

“你跑掉那一票，我知道是在提醒我。”

我怎么回答？倒是有机会可以告诉他了，本来不是四比四吗，可见至少还有四个兄弟默默支持他，为了替他省点力气，他们才把票投给喊价较低的乙公司这一家。

他在混浊的酒意中打了一声大嗝，突然提起一个人。

意大利的帕瓦罗蒂。

“你有没有听过他最神奇的那种高音，连续的九个高音 C。我每次去听他的演唱会，最期待也最害怕的就是那一段，想听又不敢听，很怕他的气拉不上去。帕瓦罗蒂总是让我很爽，因为他简直帮我唱上去了，人生最遗憾的就是没有完成最后那个高音。”

“我早就开始对自己感到遗憾了。”

“还没说完，我要说的是他老爸。听说他老爸也有一副好嗓子，可惜生性非常害羞，宁愿躲在军中负责烤面包。声音会遗传，幸好烤面包不会遗传，不然你想想看，帕瓦罗蒂如果不会唱歌，只会烤面包，你看他站在意大利餐厅烤面包那副德性，其实也蛮像的，胖胖的，留着胡子，看起来就是吃了太多卖不完的烤面包。”

我想他喝醉了。

“你不觉得吗，我很像帕瓦罗蒂他老爸。”

“哪一点像？”

“你看不出我也一样害羞吗？别忘了我老娘只是第三房，那七个把我围剿的时候，我根本不敢放屁，你看有多惨，我说不定天生注定要操他妈去烤面包。”

“真的很可惜，当初他老爸为什么没有操他妈出来唱歌。”

他看我搭嘴，开心起来，撑起上身颠着说：“要不要一起下山？”

我摇摇头，司机过来搀扶他，被他推开了。

他从后车窗探出头来：“现在碰到这种事，你帮我想想吧，不然接下来怎么办？一开始就破功，现在还能找谁来？你不是很有什么创意吗？起码让我知道你的创意是什么屁，不然我跟你说，我把老婆丢在美国也很有创意。”

暗夜中我朝司机摆摆手，他却又突然趴住车窗，叫我附耳过去，叽里呱啦吹来一阵热风。我仔细听着他又要说出什么高音，却因为他的嘴巴实在靠得太近了，耳朵里竟然也是沙沙的。没想到最后总算让我听出来了，听到了一种忽然让我狂喜起来的幻音。

5

回家后的凌晨时分，我总算把这件事告诉了秋子。

当我把马达老板的悄悄话重述一遍时，秋子的反应果然相当快，快而且明显，完全能够快乐地复制出我的心情。

“天啊，他要把一座山交给你。”

“嗯，他要我准备提案，整个家族都会来旁听。”

“为什么是你？”

“因为推案失败了，他尝到了苦果，想要听听我的看法。其实那里的地形地貌我最清楚，更重要的是我完全投入，对那座山已经充满了感情。”

秋子又把她的手抬起来了——然而这回却是擦拭着她的眼泪，眼泪竟然滚滚地流了下来，激动得超出了我的想象，可见她再也不是以前的秋子，被人器重的丈夫忽然让她心疼起来，这是因为我们经常短暂分开的缘故吗，或者是因为我们的心灵本来就不曾分开。

然后我才提起了另外一件事。

“老板还特别释出善意，只要我的提案受到重视，他就要在家族会议中争取让我入股，金额由我们决定，就像要不要翻身也由我们自己决定一样。”

秋子止住了眼泪，用她的鼻音说：“可是，我们哪里有钱？”

“我也知道，如果有钱就好了，就因为这样，我才把这两件事分开说。好了，这个就当作题外话，我们不参股也可以。现在换你说了，你要跟我说什么，刚才开门的时候我就闻到了，你有话想说就会有一股神秘的味道。”

她微微忍住笑意，眼珠子一转，转为一股窃喜抹上了眉梢，总算摸出了一叠照片来，说着别笑呀不能笑我呀，却一张张翻到我面前，然后低着头等待我的表情，好像非得听到满意的赞美不可似的。

她拍了桌上满瓶子的玫瑰花，拍了邻家小孩，拍了忙碌的花店，拍了无人的公园……镜头所到之处，恰恰都是我不在家的寂寞角落，看得出她并没有因为一台相机而走出去，空有一个镜头，反而暴露出我们太过狭隘的生活。

当然，我应该说些好听的话，她还等着，撑着下巴等到天亮也无所谓的那种神情。我说，嗯，你的取角很棒，构图真美，焦距那么准确呀秋子，而且花苞的神韵你都掌握到了……

“笨蛋，我有放几张别人的在里面了啦。”

“真的看不出来是谁拍的，这就表示你也进步了。”

可恶。锲而不舍的秋子，嘀咕着又翻出了几张街景，应该是家里的窗口往下拍的巷道，下了雨的夜晚，路边的车顶映着滑亮的冷光。

因此，当她说出有人邀请我们明天上门去做客时，我马上就同意了。

我和她一直都是封闭的，每个陌生之地对我们来说其实都很重要，如果不走出去，真不知道今后的人生究竟要如何启程。何况我们的喜悦都是那么饱满，她找到了摄影的窗口，而我总算踏上一个充满希望的山头。多么刚好，上天要来眷顾一个小家庭时，应该都不是随便的吧，通常会先试探他们有没有幻想，然后才会慢慢实现他们的愿望。

于是，我终于听见了这个陌生的名字：罗毅明。

起初我还以为罗毅明是个景点，并不知道他是一个人，而且那么重要。一个名字竟然影响我们一辈子，就像一条河流那么轻易地淹没了一滴水。

然而这样的瞬间，我们怎么可能知道未来会那样？我们高兴都来不及。一般的励志文章谈到机会时，鼓吹的不就是赶快抓住这种圣谕般的机会吗？是的，走出去的机会来了，我们这次已经准备抓住它了。

“摄影课的老师就是他，上次我们拍了他家的樱花。”

“我想起来了，你还说他纯粹是义务教学，这种人真难得。”

当然，从摄影领域的某个角度来看，罗毅明老师对秋子的初拍也许真的相当激赏。但我还是看得出来，秋子想要获得他人赞美的心情，毕竟是从我身上激发出来的，倘若平常我对她的爱能够兼顾到适度的赞美，或许她就不会急着要去寻找她的自信了。

于是第二天的上午，我便载着秋子出发了，而且我是快乐的，内心充满着感恩与欢喜。有人邀请了秋子，当然胜过我空口说着多么爱她，我甚至急着想要帮助她赶快抵达，摩托车一路奔驰在超速的风中，她紧抱着我的腰际，结婚四年后我们才有这么一趟兴奋的小旅行。

想象中的罗毅明老师，除了来自秋子拍过的那棵大樱花，其他的枝节都靠她偶然提起，譬如他授课时的情景，停在她身上的那双眼睛，或者他家合院式的古厝，还有那一道木头搭接的穿廊。就我所想，罗毅明无非就是马达老板某个角度的倒影：有钱，大院宽阔，过着安逸舒适的生活。我们夫妻究竟怎么了，从来没有主动去追求什么，内心深处却各自拥有一个圣像似的，难道这也是因为我们的贫贱所造成的吗？

因而当我走进罗家大门时，坦白说，没有一丝妒意是骗人的，何况那里果真是如我想象的那么美好，我不相信这个小镇还有足堪媲美的房子，或者今后的此生还看得到更为尊贵的宅邸。幸好主人是那么谦逊，不像马达老板出门还要两部空车随行，他的崇高使我自觉渺小，使我不禁又木讷起来，心里一直困惑着是要尊称他罗老师呢，还是罗经理，还是听起来比较神秘而广义的罗先生……

他亲切地和我握手，指腹扎实有劲，且有一股温暖的感觉穿透掌心。他领着我们进屋时，七月的厅间竟然有点寒凉，一阵檀香扑来，远处一扇白色纸窗映着外面那些灌木的影样。房子似乎过大了，原木构造的空间高高举起，说话的声音便有一半飘上屋脊，仿佛上面有人想听，把一些尾音全都吸了上去。

我相当好奇这么大的宅邸住了几个人，为什么看不到其他人影，难道他也和我一样，独自睡在临时会所里那样地孤寂吗?

他安排我们坐上古雅的厅间，又从内屋亲自沏茶出来。寒暄一阵后，秋子总算取出了昨晚给我看过的那些作品，我忽然感到非常不安，赶紧转头看着屋内屋外的动静。其实我却是竖起耳朵听着的，很怕听到秋子受到负面的批评，倘若有人过度直言对她的嫌弃，无疑也是伤害了我自己。我知道这种脆弱的情感有些丢脸，但我就是无法忍受任何人轻视她。

幸好他没有，他的微笑含有赞赏的味道，我知道那虽然不一定真实，却看得出他在专业的权威中还保有一分善良的热情。

直到她和老师开始热络讨论起来，我才放下心中的不安。

后来的几个月，几乎也是忙着山坡地提案的准备期间，我又带着秋子去过罗家好几次，每次的话题大多是相关的摄影，我觉得这样很好，大家越来越熟悉，我也可以带着企划案的构想悠游在自己的脑海里。

当然，在场的我们都疏忽了一件事。

当时还是小姑娘的白琇小姐——觉察到了什么，她为什么想要偷听?

啊，白琇小姐——就在我们闲聊着或者不闲聊的时刻，你光着脚悄悄走下来，然后又匆匆蹦上了楼梯，像一双猫爪，在多年以后撩起了这些黑暗的旧伤。

6

家里的墙角突然出现了一堆红皮地瓜。秋子等我回家后，把一个红泥小炉摆上桌，烧红了龙眼炭，小公寓里慢慢飘出了烤地瓜的土香。

可是她做着这件事的时候，一直没有说话，使得那股怀念的气味香得有点徒然。我最担心的就是这样的秋子，她的快乐或悲伤都很容易辨识，唯独那两片嘴唇如果忽然静默下来，那就很不寻常，就像炉子明明摆在眼前，她却让那些地瓜烤焦了。

幸好她的沉默不可能持久，憋太久就会混淆了脸上的白，很快形成一种红白相间的气色，而她最不喜欢这样；以前她自己说过，只要生气不讲话的时候，别人都还以为她在害羞。

果然她自己开口了，说她回了娘家，路过竹山才顺道买了地瓜回来。“家里都没有人，我爸替人顾田，妈妈在茶厂做萎凋，等到炒菁回来天已黑了。我就知道不该回去，妈妈看到我还吓一跳，你怎么回来了，发生什么事，我煮面线给你吃，吃完你赶快回家。可恶，把我当成鬼。”

“对啊，我也想知道你为什么突然要回去？”

她看我一眼，别开脸，眨着眨着，趴在桌上红起了眼眶。

“其实最可恶的是我，竟然问笋价好不好，我妈听了也很奇怪。后来弟弟回来了，退伍后他给人家做工，手上还包着纱布呢，我要离开时，他陪我走到站牌，说姊姊你不要担心，下个月我升师傅了，笋子卖的钱都给你。”

“原来你是回娘家借钱。”

“因为我也问过别人，听到借钱大家都喊穷。”

“那件事早就过去了。”我淡淡地说。

结婚那天的海产店，五个人默默吃着半桌菜的晚餐，那时的我多么激动，还说要对秋子多好，现在回想起来只剩一股难堪的辛酸。我给她太大的压力了，那天不该把投资入股的事拿出来谈，明明自己做不到，随口一说竟然被她放在心里那么久。

很有可能我的失落感一直挂在脸上，秋子看在眼里，才会有这么愚蠢的承担。这时才发觉最近几个月，我在她面前变得少话了，花心思准备提案或是一个理由，其实还有个鬼魅般的影像正在把我啃噬着吧，每次从罗家大房子出来时都有一股惆怅，就像以前骑着摩托车跟在马达老板后面，同样都有那种悲凉难解的莫名情怀。

我当然知道那是什么，那是象征荣耀的权柄还在迷惑着我，可悲的是我也不想摆脱它，于是它就一路缠着鬼眼睛。我想摆脱的反倒是另一个人，也就是一直困扰着我的父亲，难得我已从那个悲剧中爬出来，想要撤退得更远，远到足以完全忘记他，却没想到有时竟又回到原点，就像罗毅明或者马达老板时时让我自觉到的寒微那样。

烤地瓜的炉子后面插着一瓶野姜花。

我吃了两个烤地瓜，焦皮没有剥掉，苦苦的满嘴的炭香。我和父亲曾在邻家的田里炕过窑，他四处捡稻秆，我负责叠土块，搭好土窑后扔进一把火，等到窑里的土块烧旺了便又捣破它，地瓜焖在里面，这时父亲才点起香烟，和我坐在田埂上开始等待。在他有限的生命中，我只记得那个画面最美，那是农家秋收后一个微凉的黄昏，距他走进那个深潭还不到半年。

我没有说过烤地瓜的往事，毕竟它含有悲伤的结尾。当然，我也可以试着说说看，只要去掉结尾就好——人生每件事倘若都没有结尾就好了，没有结尾的故事就像欢乐的翅膀停在空中，永远都不会掉下来。

秋子听我说过冬至那天煮汤圆的往事，那个结尾就是被我删掉了，才会只有满地的汤圆留在她的脑海中。那多好玩，从地上夹起来边吃边笑着呢，难怪她急着问我为什么要先把汤圆咬一半，根本不知道我的母亲重残。

因此，烤着地瓜的这一刻，我也这么说了，我说秋子，我喜欢地瓜烤得焦焦的，因为没烤焦就不像烤地瓜，要焦黑得像土窑里的灰烬那样才够味。那天我们挖开了土窑，父子俩一直扒着灰，扒到满脸只剩下白牙齿才露出来。你想想，这样烤出来的地瓜多刺激，不然还像吃地瓜吗?

这一次，秋子倒是没有问我：后来呢?

我身上任何的往事，好像都不适合从头谈到尾。我和父亲离开稻田的时候，天已经暗了，母亲正等着我们回家开灯。所谓的后来，后来的天空当然全都黑掉了，黑得一望无际呢，永远地淹没着我的脑海。

7

曙光下的东北角，整片坡丘因着开阔地形的舒展，土表上亲润着一夜露水后的宁静与沁凉，这时鸟禽还没飞翔，蝴蝶蜻蜓停在树上，沿着坡弯砌筑的石头却一颗颗饱含了水汽，它们都是刚从地底下挖出不久，仿佛亟欲伸展坚硬的形体，悄悄剥落了裹在身上的残泥，铁锈色的凿面微亮着昨夜的秋霜。

从这个角度看到的台北，依然还在盆地中沉睡着。

我回头看到的南埕依然躺在顺向坡下，这块经过强力开挖、从岩壁硬凿出来的平地相当可观，重做的挡土墙高过林梢，不久将呈现一栋栋独立的家屋在这里与天争地，把未来命运交给大大小小的风雨。

我逐一记录作为提案简报之用，顺便检视叠石间的孔洞，查看各处的泄水通路，也把每个局部的挂网拍摄下来。当然，无论多么用心追踪这些动静，肉眼的观察都只是例行记录，暴雨一来也许这些表面又将付诸流水。多日来我的顾虑显然还是难以排除，只好趁着提案前继续缠上马达老板。

“我们留住南边不要开发，这座山的生命就会更完整。”

“就算我同意，前面还有七张大嘴巴。”

“上次你也说过，要把最后的高音唱出来。”

“你何不先告诉我怎么唱，你有好点子，我再跟他们商量。”

但是据我所知，隔天他还是忍不住了，打电话一个个协商，那七张嘴巴果然雄辩滔滔，有几通甚至传来嘶喊，他只好捂着耳朵光说不听，说到最后双方好像当空干起架来。

后来他铁青着一张脸，叫人去传话，要求大家当面解决，他愿意赌上一把，如果新的提案通不过，他也只好丢下不管，以后任由整座山继续趴荒。

双方的传话一阵你来我往后，提案时间总算敲定在了十天后的下午。

这天午时刚过的山路，一部部进口车陆续开了上来，七家兄弟几乎各自独行，看不到有人过来寒暄搭肩，气氛颇像一场即将展开的武林对决。马达老板和我坐在屋顶上吃着便当，他频频朝着坡下望着，最后搁下筷子说：“你看这个肥嘟嘟的，做庙公还能赶过来听简报，亏他每天拜得那么虔诚，最不怕坍方的也是他。其他这几个也没什么好说的，爱拼才会赢，兄弟团结一条心，鬼扯淡，都是一心一意要来挖这座宝山。”

然后他又催促着说：“来者不善，你怎么还有心情这样慢慢吃，快把东西整理好，别简报进行不到一半，这些家伙都跑光了。”

“我会尽量不连累到你。”我说。

“都准备好了？”

“行李也准备好了。”我大笑两声回答他。

提案：滞洪池的故事。

构想：一座感人的山。

诉求：非富豪，社会理想，企业良心。

规划：缩小面积，放大机会，迎向希望。

我走到台前，敬礼致意，面朝墙上的投影，默读了二十秒，然后招呼大家好。我毕竟不太熟悉他们这些亲人，除了庙公老六，其他都是有名有望的社会贤达，我只好介绍自己，报出姓名，来这里多久，为什么站在这里。

我先提起三个月前失败的推案。嗯，推案其实不算失败，只是太过匆忙，我们忽略了一件事，忘了给这座山一个独特的生命，一个该有的名字，一个未来的梦想。我们曾经以为只有豪宅能够丰富一座山，但上次的经验已经印证了，能够丰富一座山的，只有山它自己的生命。就如同我们的社会，能带给社会希望的，绝对不是有钱人，而是追求希望的人……

不用说教。庙公老六说。

说得好，我最不喜欢说教了。我瞥过他头上的光圈，开始在墙上打出了彩色照片，一连五张，都是几天前趁着短暂的晨光拍下来的滞洪池，篮球场大的池子注满了夏日的雨水，整个池面映着边坡上的草绿，水中央还凝聚着一朵朵轻飘飘的云影。

我说，我要向各位报告的就是这些滞洪池，平常我们不太重视它，当初的留设也只是为了配合法规，作为整座山区的疏水和排洪之用。但很抱歉，我今天提案的重点就是这个，我想要让这五个滞洪池连成一个故事。

我担心他们不耐烦，因此跟着字幕念了起来：

这个故事的主角是一个老人。

第一个滞洪池，假设边坡上有一条船，我让他坐在船上钓鱼。

第二个滞洪池，他终于钓上鱼，却超出他的能力，是一条超大的鱼。

第三个滞洪池，大鱼顽抗，老人受到严重的撕裂伤趴倒在船上。

第四个滞洪池，几天几夜后，大鱼浮出水面，老人已经筋疲力竭。

第五个滞洪池，船上躺着鱼头鱼尾相连的空骨架，老人的小船回港。

台下总算有人提出了质疑，我知道这是好的开始。

“你编的故事吗，这要做什么？”

“海明威的小说《老人与海》，我刚好把它分成五个情节。”

一个转头说：“听他说说看，反正都来了。”

于是我正色说了起来：“难得这座山有五个滞洪池，我们不妨想象它们每个都是一座湖，也可以看作我们人生中的一片海洋。为了给这座山创造一个美好的话题，我本来只想运用海明威的小说来激励下一代，让这里成为户外教学的最佳景点，每天都有来自四面八方的老师带着学生，大人带着小孩，他们从这些露天雕塑的画面来解读老人与大海搏斗的意义。但后来我又发现，这样的功能不算广义，故事的精神还可以继续延伸，应该说，每个人都有可能是这个故事的导览者，男人看到了身为男人的搏斗，年轻人从这种搏斗中找到自己的潜能，任何人都可以各自解说这个场域，哪怕是一个失败者，也可以从这个老人身上，重新体会生命中的无限可能。”

“最后他还是失败了，只拖着一条鱼骨架回来。”一个说。

“我想也是这样，但不见得就是这样。他的脚抽筋，手掌不听使唤，肩膀撕裂溃烂，而且还开始吐血，只要他把肩膀上的钓绳切断，空手回来还是可以活得好好的。我想，一个人最重要的价值也在这里，那条马林鱼——对不起，我忘了介绍它，那条马林鱼的顽强明明超过老人的负荷，他却还是要在失败的搏斗中战胜他自己，所以海明威才说了那一句名言：人可以被摧毁，但不能被打败。”

又有人岔进来：“就算这有什么鬼价值，那跟推案有什么关系。”

“如果要给这座山建立一个识别系统，我觉得这是一个机会。我们的社会价值早就非常混乱，谈到山中别墅总不忘强调富豪的高贵，偏偏大多数有钱人所展现出来的，往往就是社会的无情。我们现在何不把这个机会让出来，缩小豪宅的面积，反而可以带给更多人希望。只要更多人产生共鸣，以后每个地方就会有人跟着学习，这样的话，我们的小孩才敢长大，年轻人才敢期待未来。如果以后到处充满机会，那么到处就会充满希望，就像那个老人说过的一句话：如果有个地方在卖运气，我很愿意买些运气来。”

“那就是说，你是建议要把别墅便宜卖啰。”

"当然还要精算，不过因为不再强调豪宅，可以省下很多资源成本，售价本身就能呈现一种可爱的亲切感，加上本来就规划有学校、市场、公园和商店街，我相信这种山家小镇一定会感动人，我想要表达的也就是这种价值，我们可以用这种价值来丰富一座山的生命。"

一阵错愕过后，他们开始交头接耳，兄弟们仿佛找回了亲情。

唯独老八我的老板，我看见他面露凝色，抱着胸口靠在他的椅背上。我想他或许正在思考，以致来不及展现他的欢颜。我不知道他是否知道，我绞尽脑汁想出来的这些，无非就是那天晚上的啤酒喝出来的灵感，我想要帮他滋润一下那个困顿的喉咙，让他终于如愿地唱出那种类似的高音 C。如果提案失败，我相信这座山也许将会如他所言，从此陷入遥遥无期的蔓草荒烟，而他也注定要在这些兄弟中更加抬不起头来，到时无论他想要再胡诌什么高调，恐怕连一个最低音都会哽咽在他的喉间。

真诚。我还是非常喜欢这两个字，和爱一样。

当然，我的真诚里毕竟掺有心灵深处某个正在跳动的音符。我也对自己真诚，也对秋子真诚。有时我也想起躺在忠孝东路上的那些背影。有时也想起母亲。只有在无法回避的时刻我才想起父亲，毕竟我虽然亏欠他但也非常恨他。没有人知道我为什么想起海明威，我也不是因为喜欢悲剧才阅读《老人与海》，总有一条线相连在我和那个老人之间，而这种情感毕竟是我的父亲无法带给我的。

简报因为他们私下的议论而暂且休止。我却发现马达老板还是缄默着，我猜他是惧怕，他常因为缺乏自信而陷入莫名的沉思，在这颇适合和兄长们交谈的时刻，他似乎怯场了，那心灵黑暗处的属于三房的卑微，使他面对着热络气氛反而目瞪口呆。

现场慢慢静下来时，马达家族的老大领头说："我们刚刚初步讨论，你这个提案还不错，现在这个消费时代流行说故事，你说了一个很好的故事，但也不能离谱，理想归理想，将本求利是应该要的。"

"我知道，如果适度的增加户数，又不超出当初申请开发的审查，我大略统计过销售金额，合理的利润应该没有问题。"

"老八你也说说看，这样可行吗？"

"你们满意就好。"

庙公相当清醒，接着问我说："凭什么要我们相信这是对的？"

"只要不让别家建商进来糟蹋这一座山，我们就成功一半。"

"原来的案名要不要继续用？"

"一定要改。"

"怎么改？"

我深吸一口气告诉他，案名就叫：老人与海。

8

两天后的下午，山上来了一个艺术家，几个人陪他沿着坡道穿越树林，把那五个滞洪池不同角度的风貌全都拍摄下来。他是老五邀请来的。科技电子业的老五，简报那天什么话都没说，现在却直接把人带来现场会勘，还针对钓鱼老人的造型探问着用雕塑呈现的可能性。

老五和其他兄弟一样，也和老八少有往来，过去我曾匆匆瞥过几眼，却都是剑拔弩张的场面，这回难得一起随着相机慢慢走，总算和我聊了起来："你的提案我想了一晚，说实在，从现代科技的潮流来看，你的构想绝对是传统落伍的，不过却很温馨，难得想要把文学带入建筑，而且还能鼓舞很多人，应该是个很棒的卖点。但也不要高兴太早，有几个还是反对的。"

马达老板稍远地跟在后面，亲兄弟在场时，他总把自己埋在香烟猛攻的白雾里，沉闷的时间越久，想也知道人群走了以后他的独白就会更多。

交换了几种关于雕塑材质的意见后，他们准备下山了，我拿出两本《老人与海》放进老五的车子里，他探头出来说："不应该过五十岁才看这本书，不过我真的会再看一遍。"

好了。不愧是自大又卑微的老八，他偏着脸不愿送客，瞰着我爬上山坡时，才对着那即将消失的车尾说："他刚才放什么屁？"

"提醒我别高兴太早。"

"嗯，至少他赞成。当兵前我和他打过架，看来心里已经没有伤。"

他看看表，拉紧了风衣，要我跟他一起下山。

"羊肉炉应该开卖了吧，这种天气……"

我们其实还在等待更进一步的讯息。那天提案结束，七个兄弟除了面面相觑，气氛倒是意外平和，确实留下了令人雀跃的想象空间。

但他还是有些焦虑，路上打了几通电话到总公司，没有直说要找谁，只等着主管们一个个轮流来听，询问的话题天南地北，就是探不到那七个兄长的蛛丝马迹，最后他只好把手机挂断了。

这时我又有预感了，他焦虑起来铁定要我跟去那种地方。

"吃完羊肉炉，是不是还要去伊通公园？"

"做那种事，不见得要找老地方。"

山下不再那么冷了，寂悄的路口却有十二月的风，我们只好就着羊肉店落地帆布的挡风处坐下来。酒来了，他两脚一跨，马上灌了半杯，这么随性的样子实在让我羡慕，做什么都不掩饰，粗率得不像一个我会跟随的人。没想到这样的日子也习惯下来了，若不是他有天生这副草莽样，今天的我也许更拘谨了吧，只能唯唯诺诺地站在别人面前。那么，我应该算是相当幸运的了，可惜还学不到他的坦率。

"快喝酒啊，你又想到哪里？"

"我想到的是难得钓上了马林鱼，后来却又被鲨鱼吃掉，海明威大概先设定它会被鲨鱼吃掉，才决定要写《老人与海》，总是要等到悲剧发生，人的价值才会浮现出来，其实我不喜欢人生只有这种价值。"

"嗯，坦白说，你那天作简报，我在旁边一直冒冷汗，我那一家人三教九流，几个听得懂海明威。看到他们突然那么认真听，装得好像很有学问，当然把我吓傻了，还以为是在演戏咧，看起来现在他们好像已经入戏了。不妨你也说来听听，只要让我搞懂你究竟是怎么想的，就算跟他们撕破脸，我也会帮你闯关。"

我说出了心底话，谈起退伍那年遇到的无壳蜗牛运动。“那些人现在应该都比我老了，但他们的孩子也跟着长大，又变成新一代的无壳蜗牛。”

“这跟钓鱼的老人扯上什么关系？”

“我们都是未来的老人，等到那时体力衰退了，才要开始寻找人生价值吗？不如现在就来创造另一种价值，想办法对人好，想办法对社会好，不要老是标榜什么豪宅，有钱人从社会上已经捞到太多了，何必再迎合他们的胃口。”

“你去当领导人算了。”

“我把这一件事做成功，比你们赚到大钱还快乐。”

“嘿，你今天话多啰，不过最好每天都这样，多讲一些内心话才会快活。别以为我看不出来，你这些灵感应该都是有凭有据的，虽然不知道你小时候是多苦，不过你请假准备结婚那天我就看出来了，别人结婚活跳跳，你看起来好像天要塌下来，连结个婚也那么苦闷。”

“我自己发过誓，这辈子随时要给秋子带来一个又一个惊喜。”

“惊喜，是怎样才会惊喜？”

“你没办法体会，小到不能再小也有惊喜。”

“不要把我考倒了，你比喻看看，他妈的多小？”

“小人物才有。”

为了就此打住，我把·块羊肉塞进嘴里，塞得太满了，瞬间鼓起了被脸颊撑开了的眼睛，热热的，眼前的东西突然一瞬间模糊。这时我只能听着他哈啦手机的声音，那声音很像蝉鸣，凄凄切切灌进耳里，直到我用筷子掏进嘴巴，移开了那块肉骨头，那种鼓胀感得到了松弛，才知道原来是眼眶里的泪水作怪，掉下来之后，眼前总算清晰起来。

女人的事情好像联络好了，他打了一个饱嗝。

有时我真希望像他，烦恼不多，压力大就去脱下裤子，穿回来又是一个企业家。如果我没有秋子，或者应该说，如果这个世界从来没有秋子，那么我也应该会去那种地方脱下裤子吧。这也没有什么，就算脱了裤子，对方自然也不可能还穿着衣服。但什么时候我会去那里脱下裤子呢，为什么我要在不是秋子的女人面前脱下裤子？

他把杯底喝掉，嘴巴一抹："载我一趟，然后你直接开回去。"

"一起走没关系，我还要把你载回招待所。"

"不要吓我，今晚你是准备要开荤吗，还是……"

"我想猜猜看这次你又看上了谁，光是这样应该也很刺激。小学毕业前我常常玩一种游戏，听到巷口的脚步声就会蹲在门缝旁边，明明知道我们家从来没有客人，还是会眯着眼睛偷偷地看，好像这样我父亲就会慢慢走回来……"

"你妈是怎样说的，混蛋，还不赶快把门打开。"

"她不管我，躲在楼上剪指甲。"

幸好还没喝醉，我真诚地骗过他了。

车子开进市区后，我又开始听着他指点迷津，一会儿来到信义路，不久又从通化街绕出来，他自己去过的地方都弄迷糊了。后来停车下来时，迎面是一个电器商品的大卖场，上到二楼，门口挂着联谊社的招牌，里面的天花板很低，海平面那样地浮着一大片绵延而去的红地毯。

我们还没点单，侍者已经送来了热茶，两个年轻女郎从一排室内棕榈后面现身，款款走到旁边的桌前坐下来。马达老板像观画那样打量着对方，我则穿过他肩后的花台远远望过去——这个瞬间竟然看见了秋子。秋子。大厅最里面，玻璃隔起来的包厢的光影中，那个女的，简直就是秋子的身影。

“我叫她过来。”侍者说。

也许我是误认了。没想到她已起身，那身材真像，也是同样瘦长的脸形，不同的是她的肩上披着长发，步调有些迟缓，来到花台边就停住了，这时的脸庞虽然清晰了些，下半身却掩在那些棕榈叶后面，仿佛为了让我继续误认才那么矜持着。明明就不是秋子，却又如此迷惑着我，是因为满脑子都是秋子的缘故吗，或是无所不在的秋子更容易被人化身为秋子，才把我逗弄得最后不得不羞愧起来。

“认识的？”马达老板说，“不看脸就好，又不是做她的脸。”

不看脸，秋子还是秋子吗？

我回到山上虽然已经深夜了，还是打了电话给秋子，告诉她提案的事已经看到了曙光。然后她就哭了。她这样的哭泣让我感到温暖，虽然两个人没有面对面，反而有一种特别窝心的想念，我知道她一直没睡好，随时等着我带来的任何讯息。

“如果你的提案通过，一定可以帮到很多人。”

于是她又重提投资入股的钱。明天她想再去跟朋友借借看，因为年冬的盂宗笋只卖到二十万。我说秋子，我们要有志气，拿了娘家这种辛苦钱，我们连一个笋子都不如。

她一连说着嗯。嗯，我知道不该拿，但是你怎么办？

我说没关系，不投资也不会死，何况今天心情好，喝了一点酒，而且还看到一个人很像你，幸好她留着长头发，不然我真的会叫出你的名字。

回来才叫，不要让别人听见了。她说。

9

春天悄悄爬上了落叶乔木，满山的秃枝又萌着嫩绿的新芽，沿着山坎的大树也开出了羊蹄甲和火焰木的红花。听起来生硬的滞洪池，在几个兄弟的建议下通过了易名，对外统称为生态景观池，实质呼应了边坡上下盎然丛生的绿意，连萤火虫也有零星几只提早飞来，马达家眷中的小孩放完风筝都不想回家，拿着网子躲在树下，等着那一闪一灭的光点从黑暗中飘出来。

七兄弟虽然不再相约开会，却各自带着友人上来踏青，常常一行人绕着景观池看鱼，借机推销着“老人与海”的规划理念。印象最深的是那位开脑权威的医生哥哥，我不知道他的名字，平常他也不吭声，只捋着下巴那根冷漠高傲的白毛，这次却站在池边拉搏着一条想象中的鱼绳，整个人夸张得往后仰，旁边的友人笑翻了。

老人与海的发酵似乎已经产生某种共鸣，应该说是关于心灵，像有人在炉边念着一首诗，听者都静默下来了，嘈杂的声音融为低语，平日的仇敌忽然彼此变成了知音。老八也出现了异常，远远地对着那些兄长们微笑，生怕对方不敢相信，还刻意挨近他们正在寒暄的小圈圈，机灵地站在一旁，一边指挥员工搬来一张长桌摆上草地，十几把椅子全都穿上鹅黄色的布套，从后面看去仿如一场恳亲会即将举行，正在等待着马达家族那些个寂寞的背影。

任何好事好像都出现了，连秋子也传来了喜讯，她兴奋得说不出话，只能靠着急喘喘的气音对着电话筒呼喳，后来总算让我解析出是关于钱的消息。原来那个摄影老师、银行经理的罗毅明，突然答应了秋子，虽然没有任何抵押品，但他愿意让我们用信借的方式拿到钱。

我早就不敢奢望的投资认股，像一轮夕阳坠落下去又浮上来。既然有人愿意伸出援手，还有什么要犹豫的，当晚我马上急奔下山，赶上最后一班的客运回家，隔天就办妥了银行对保手续。

一切都是那么意外。意外的兄弟和解，意外的借到钱。后面应该还有更美好的意外，我相信还有，就像春天一样，开完了李花还有桃花，一切的生机都会慢慢到齐，如同认识秋子那天也是同样的奇迹，若不是先走进了那家果酱店，怎么会有那一丝灵感飘来脑海，那么，几分钟后我们如何相遇在那一家咖啡厅？

意外果然还有，然而却是黑色的三月。

世界卫生组织突然针对全球发出警告，一种罕见的急性呼吸道疫情莫名地出现，正在各地逐渐扩散中。几天后，台湾果然出现了第一个病例，但因为才刚开始，社会上还没有出现恐慌，恐慌大都是因为某种意外成群结队，像一只只魔手神出鬼没，在沉睡的黑夜一家家挨户敲门。这时没有那种吓人的氛围，山里的工区依然随时有人溜进来，火焰木开得太迷人了，远看像是满山遍野抹上了冶艳的红胭脂。

四月就真的太过意外了，台北和平医院传出了多起院内感染，随后立即宣布封院，紧接着还把可疑的街道前后封锁起来，恐慌气息这才开始蔓延。人人戴着口罩上街，不上街的戴着口罩躲在家里，电视一开就是疫情感染的喧嚷，电视台每天派出 SNG 车停在医院门外，每个镜头固守着一群特别医疗小组的窗口，拍到的都是那些防护衣没办法包住的眼睛。

木棉花赶在春天开完掉光后，一切生机顿时陷入初夏的烦躁。听说餐厅、电影院那些公共场所空无人迹，员工从市区办事回来，描述的都是静悄悄的街景。马达老板则连续六天不见人影，管理处只好派一个女助理到吉林路的招待所当差，两个小时量他一次体温，传回来的消息是正常得要命，唯一的问题是他没办法走路，听说两只肿脚随时放在冰枕上，稍稍一翻身马上发出喔吼喔吼的怪声。

痛风暂又痊愈时，找我问着市场惨况，突然起了念头要到台中。

“你说现在哪里还能去，糟透了，我出门搭电梯的时候，一个家伙直接对着我猛打喷嚏，以为他妈的戴上口罩就可以特别大方。我看不如这样，你载我回老家去逛逛吧，晚上也把你那个秋子叫出来吃顿饭，总该看看她长什么样子，要不要，我来找一个禁止打喷嚏的餐厅。”

高速公路的车流量显然跟着变少了，车子过了桃园后一路畅行，平常我都是搭车回家，难得这次踩到了临时可以溜回家的油门，车速不免随着心跳开始奔驰起来。秋子还不知道呢，为什么要让她知道。我们规律的生活一直都像按表操课，难得这天不算，这份悠闲算是上天多给，就像傻傻的秋子也抽得到那种昂贵的单眼相机。

如果默不吭声突然出现在家门口，那么，开门后的秋子会是怎样吃惊——我光想到这样的画面，车子已经很快就把后里的站牌轻轻越过了。

我先把老板载回到那间合院老宅，然后开走他的车子，沿着两年多前还在巷弄中穿梭的摩托车路线，越过文心路后开始左转右转地冲回家。

我按着门铃，尚且临时戴上口罩，想要小小地捉弄她，先让她在错愕的陌生中感到不安，然后略为迟疑，直到发现这个流浪汉竟然是她的夜归人，突然出现在她毫无期待的瞬间，这种惊喜才会惊天动地。

然而我按了很久。没有人应门。

后来我自己开门，匆匆跑进房间，匆匆回到客厅，错愕的原来是我自己，刹那间呆立在恍惚莫名的空间里。我打电话到花店、到摄影教室、到她常去的洗相馆，也试着联络她的友人，一直到黄昏降临，每个角落没入黑暗，这时的我已经没有勇气开灯，只能埋头趴在桌上，回避着任何一丝丝恐怕更为黑暗的亮光。

我把马达老板的餐约暂时取消了。然而何止是暂时，后来整个夜晚直到凌晨，以及从凌晨等到窗外渐渐映出微光，我一直不敢走进房间，只能撑着僵硬的肢体埋在椅子里。

最后我不得不从清醒中清醒，倘若秋子有事，她也瞒不住自己的嘴巴，迟早会在事后主动说出来吧。我不想让她为难，把屋子里曾经动过的痕迹一处处抚平，且把餐椅塞进桌底，最后才锁上大门悄悄离开。

仿如自己畏罪潜逃，我把车子开到那间老宅外，等着老板返北上山。

回到山上时，第一件事就是打电话，这时她总算回来了，但她没有提起昨夜的外宿，就像我也没有透露曾经回家。我握着话筒，无法听懂她的沉默，仿佛她只是外人路过，刚好听见一个电话空响，拿起来后搁在一旁。

我们不曾这样。但我不敢多问，问了怕有伤害。但我也不敢沉默，我说秋子，记得戴上口罩，花店虽然那么近，但是外面的病毒万一藏在花粉里……我还说，前天总算看到第一只的五色鸟了，超漂亮的五色鸟，刚从树梢里飞出来，可惜看到我马上又飞走了。

在她完全反常的静默中，我甚至嗫嚅起来……

后来她淡淡地，用一种极为冷静的声音说："贷款今天下来了。"

10

两天后的周五，外乡运来了一批老梅树，直接落植在已经挖空的树穴里。和往常一样，我站在吊车外协看着树身的调度，却不知道有些枯枝暗藏在绿叶里，突然断裂在空中时，分枝的尾梢像岔开的弹弓朝我劈下来。

那劈下来的枯枝无花无叶，像一把纷乱的幻影难以闪躲，直接穿破我的上衣留下了胸口的瘀伤。马达老板午后上班，听到园艺工头的转述才知道详情，但他说的却是无关的话："你现在就提早回家，自己的事处理好。"

下山后的客运车上，没有瘀伤的内心深处反而剧痛起来。

例假回家，从来没有一次是这么早的傍晚。来到门口时，反而莫名地胆怯着，恍然以为会是前天那个画面的重演，我迟疑在茫茫然的关卡前，很怕一走进去又陷入空凄凄的迷幻中。

幸好她在家。她总算听见了门铃，碎步跑来，停在玄关，穿上拖鞋，打开了门下的小灯，一边应着门，谁呀，谁呀……谁呀的声音让我感到凄凉。我虽然有所回应，嗓音却是那一股剧痛引发而来，低沉得使自己感到震惊。我警觉到或许不该这样，于是干咳两声后等着她开门。

她却已经回复了清脆的嗓音，依然和我抱在一起，我们在那通电话中的疏离似乎都已弥合了。我随她进屋，看见桌上一个碗，一盘中午吃剩的杂菜，显然她正在吃着和平常一样将就的晚餐。然而她吃得并不专心，一堆照片分列桌旁，她平常爱看的电视没有打开。

"你去洗澡，我赶快弄菜。"

秋子忘了一件事。不，她遗弃了她自己。

她没有惊喜。

我意外地提早到家，对她是头一遭，却像深夜回来那样稀松平常。

她从冰箱取出食材，转开水龙头开始清洗，水声大而急切，像要冲掉所有的残渣。从后面看到的短发是乱了的，发尾在耳下微卷，却有一绺掉开了。我转头看着平常搁放蔬菜的墙角，找不到她从娘家回来通常都有的痕迹，譬如不是笋子的季节，也会有一些零星的蔬菜、豆类带回来，可见前天她也没有回去，那一条可能被我遗漏的通路至此也算已经了结。

那么，哪里还有秋子可去的地方？

炉子里煮到一半，她突然想到了那些照片，为了掩饰什么吧，擦着手过来准备收进袋子，不像平常有了新作就拿出来献宝似的混合着她的羞赧。我大略瞧了几眼，都是一张张的孤峰大山，仿佛暗房里刚出炉的相纸，不断对我折射出她失踪那天晚上的星光。

我终于伸出手来。

她有点犹豫，僵硬，迟疑，递过来时兀自走开了。

厚厚的一叠，千山鸟飞绝，云海贴着空净的荒野，别说我们从没去过那样的梦中，我每天踩踏的山头也看不到这么深幽的美景。而且海拔是那么高，冷杉林蓊郁在浓浓的寒意里，连峭壁上一棵孤松都被她抓住了，挺着奇曲的枝干伸入云里。

走出了狭隘空间的秋子，这一步走得太远了。

其实我想听她说说话，随便乱说都好，等着她过来偎在肩膀下，对着照片指指点点，像过去那样混合着快乐与不安，说着拍这张时她的手指头滑掉了，拍那张时刚好有人走了过来——要过去就赶快过去嘛，害我一急就按下了快门……

我当然更想知道某些细节，某些诚恳的自白可以让我免去各种疑猜，譬如说这是哪里的山，几个人参加的摄影旅行，路途遥远得赶不回来吗……还有呢，难道这一天的罗毅明刚好不用上班？

我已经看不见站在眼前的秋子了。她好像没有回来。直至经过漫长的时辰，我从浴室出来，把她扑倒在床上，这时竟然好像还没有找到她。她穿着睡衣还披上长袍，套着一条冬天晨跑用的棉裤，只差还没把自己的脸整个包起来。我用力拉扯她的长衣下摆，然而越是这样地急躁，她的身体更为僵硬，像已经被人污损，血液早就凝固在恐怖的记忆里。

我把全身包裹起来的秋子拆坏了。

我扯断了她的肩带，不想理会她的挣扎，直到终于剥光她的上身，那受伤的乳房颤晃着袒露出来，我才慌张地停下来呆愣着。我们真的不曾这样。我曾经是那么捍卫着它，很多若隐若现的裸露时刻，我虽然和她嬉戏却也不曾对它冷落，随时睨着眼睛那样地牵挂着它的忧愁，大抵就是基于一种爱情的尊敬与同情。

然而我吓坏它了。

这时的秋子却已经不再回避，反而安静地仰躺着，裸露的肌肤映着灯下的白光，她忘了遮掩，或者说她突然不想遮掩了，那乳侧的伤痕便宛如一个无辜小孩偎在她身边，好像母女两人孤单地等我从粗暴中冷静下来。

然后我们再也没有任何作为。我后来穿了睡衣躺下来时，她轻轻拉上薄被掩到嘴边，只留下一汪泪水泡在她的眼眶里。

我不知道光是这样已经产生了巨变，不晓得经过多久，等我坠入恍惚的睡梦中应该很晚了，应该是凌晨以后的事了。我听见她在黑暗中悄悄摸索，声音轻得不像声音，像一条拉链每隔十秒爬梳一节齿轮，像一团棉絮飘来又飞走了。然后她蹑出房间，拉开了大门，如同清晨出去买豆浆那样安静，直至最后她轻轻把门带上，把含着眼泪的我关在混乱的知觉中。

11

最后一眼的秋子，竟然就是那一夜我所看见的身影。

我以为她只是去公园走走，去早餐店等待煎饼，或是坐在便利商店的桌旁写信；无论她想表达的是愧疚或者辩驳，应该也会在晨间过后、中午过后、傍晚过后悄悄递给我，或搁在甜蜜的餐桌，或夹在一本随身书里，或在某次不经意的转身中让我发现那封信摆在床头。

我不得不赶车北上时，只好写一张纸条留在餐桌上。上山后，打给她的电话从深夜响到凌晨，一直无人接听的铃声变成锥心的幻音，我听着它响遍房间内外，像一串串急乱的脚步声完全无法停下来。

第二天我只剩下两个方向：一个是花店，但她没有上班；还有一条路，秋子的娘家，我以为应该就是这样的吧，总算可以在她娘家找到她。接电话的是她父亲，几乎认不出我的声音，颇为讶异我想起他们，一直问着你们还好吗，想要回来玩吗？我一时不知如何应答，说词微微闪烁，只能说着吞吞吐吐的问候，从头到尾没有提到秋子，不敢告诉他说，你们的秋子、我们的秋子不见了。

煎熬五天后，同一班的夜车又载我回家，我站在门口按铃，用一种恍如隔世的心情等待奇迹，而且站了很久，让她时间充裕，想象她从浴室出来，或在房间里刚刚睡醒，因此一边走来一边穿衣。直到后来我掏出钥匙，才相信黑暗就是黑暗，这个世界再也没有人为我开灯了，无声的黑暗像潮水安静却又汹涌，淹没到鼻腔以上时，想哭已经哭不出像样的声音。

这样的日子过得越来越沮丧，每天的时间可说又快又慢，快则像一场噩梦乍醒就过去了，慢下来时又觉得浑浑然失去了生命。我只好逼迫自己埋入工作，何况山区的工程一刻都不能停，西北雨随时来袭，下过一阵又是泥沙滚滚，泄水道来不及疏洪，刚做好的修坡造景很快又泡在水中。

暑夏接近尾声了，马达家族在树荫下办了一场野宴，大人齐聚一桌，小孩四处捕蝉，满山遍野凄凄切切，抓回来的蝉只分装在玻璃罐里，叫两声就停了。老八我的老板负责张罗大家，他频频指挥部属上菜，亲自举着一大把串烧分送到每人手里，还亲昵地叫唤着他们的名字，活像一个个久违的亲人刚从远方归来。

我负责开酒，他们的第一杯全干，话题热络展开。

“听说这次 SARS 的冲击不输大地震，市面上很多工地挂掉了。”

“人心惶惶嘛，还没听过有人戴着口罩去签订单。”

“那我们是要再等等看，还是照进度推出去？”

“如果再搞砸一次，这块地就玩完了。”

“老八你说说看，怎么会这样，案子到你手上都碰到天灾。”

老八自己倒满一杯又喝掉了，啧了两声咬住了嘴唇，眼睛盯着杯口，瞳孔持续放大，我看得懂这种表情，一股怒气正在他的意识中攀升。幸好他忍住了，那两片嘴唇适时松开后，啮过的唇肉明显地泛白，显然刚才暗暗使过劲，大抵明白想要拉拢这些亲情比空中扑鸟还难，难得相聚就没有匆匆打散他们的道理。

倒是后来他把我叫到树林外，拉下裤裆对着远山，神情有些落寞，鼻口哼了一声：“你把庙公看紧一点，这家伙的耐性非常浅薄，听说最近又在提议卖地，有人附和那就完蛋了。你就去跟他随便哈啦几句嘛，看他到底在想什么，SARS 又不是我带来的，他为什么不去卖庙。这种死庙公平常阿弥陀佛，满脑袋都在想钱，也不想想这种恐慌时机，就算卖地也只能卖到狗屎价。”

“我想想看，不知道要和他说什么。”

“你是提案人，就尽量用你的理念说服他，不然叫他也出海钓鱼算了，操他妈最好也钓到了马林鱼。哦，我看他是比一条破船还不如。”他瞧我恹恹的样子，提起裤裆说：“反正现在什么都急不得，你请几天假去走走吧，每天光打电话有什么屁用，既然不想去报失踪，那就再去找，车子我借你，你开到非洲也要把她找回来。”

野宴还没散，他回座时说了个笑话，逗得那些嫂子贵妇们吱吱叫着。

每分每秒我都没有放弃。我真的开走了他的休旅车，用想象力决定方向，第一站从北海岸启程，最远深入了金瓜石，想象秋子躲在高远的海角，每天瞭望着我所在的这座山。我沿着海岸穿行，一路追踪她最爱的海潮音，不断想起以前她捧着相机坐在摩托车上的样子，那时根本还没抵达海边，她已经瞄着镜头搜索，那些日子我终究没有带她看过真正的沙滩，海边都是磊磊的消波块，她想拍的落日每次都只剩下黄昏的晚霞。

我找不到理由可以恨她。

一直到车子穿进了东海岸，才发觉浪涛之处根本难以容身，沙滩夕阳虽然就在眼前，却已经不是秋子看得见的影像了。秋子看不见的海还是海吗？我一路疾驶，过了清水断崖不得不停下来，那陡落的崖壁让我数度恍神，我爬出车子蹲在路边呕吐，也是因为这样的沮丧才出现了一个念头，我决定进入花莲之后从此离开海边，开始沿着没有海岸的乡镇到处穿梭，想象这是秋子和我约好的游戏，她只是躲起来吓我罢了，我穿街走巷迟早都能和她会合，万一两人擦肩而过，她也会忍不住跳出来叫我。

“你走过头了啦。”我听见她的声音了，每个分岔口的恍神中。

一路都是徒然。回家后我才发现刚好一周过去了，楼下的信箱夹着银行的来信，这时一股慌乱又闪过脑海，我迟迟不敢拆开，拿到厨房，放在桌上，对着灯光，明明只是一封普通的印刷品，想到的却是那个罗毅明，一种深沉的剧痛不断侵袭而来，直到拆封后才发现只是一张迟延利息的催缴单。

可怕的是它再度提醒了我，秋子离家前几天，是那么凑巧，那笔三百万的信用贷款刚好拨放下来……

秋子那天的照片还在桌上，就像她最珍惜的相机也留在柜子里，显然都因为这些东西带来了悲剧，她才那么决绝地没有拿走。是为了给我继续追索的暗示吗？罗家我已经去过三次了，整天绕着古宅四周等待，也曾发现他提着垃圾袋出来，另有一次他度完例假之后准备锁上大门离开。

让我胆战心惊的这些照片，我只好拿近瞳孔又多看了几眼，那天晚上来不及说出的赞美，现在当然更来不及了。事实上她的摄影进步神速，门外汉的我已经瞧不出其中还有什么缺点；当然，这也是因为观景窗旁还有个秘密，有一双眼睛帮她看着，他指着云彩对比高山，教她如何抓住野百合的气息，对于孤峰下那棵奇松他也不厌其烦，蹲跨着马步在她耳畔说着仿如细诉的叮咛。

我似乎找到秋子那天下车的地方了，照片远处有个较为平阔的景点入口，一块路牌在遮挡的树梢中半隐半露着。我跑出去买了一个放大镜回来，那哆嗦着的字体总算鼓起勇气告诉了我：塔，塔，加。

12

我后来爬上去的塔塔加，午后三点起雾，路上蒙蒙微雨，连撑着伞的游客都慢慢走光了。可见秋子上到鞍部的时间是在午前，唯有那时阳光清亮，还来得及拍下照片里的那些连峰大山。

那么，起雾之后的秋子做些什么，有什么理由还要流连，有人不让她走吗，或者虽然已经下了山，往水里的方向却经过了东埔——如我自己驱车前来体验的这条路，果然路边有人挥着手招徕，许多家民宿错落在迷人的乡间野道上——于是那个人突然把车开进温泉小路，趁机拔下了钥匙，好让她顿失依凭，终于茫茫然坠入回不了家的迷雾中。

从塔塔加回来后，我大概只剩那条幽冥的死亡之路还没走完。

其实我也试过了。许多次利用山间的午休，一个人带着开山刀劈开荒草，从临时会所后方垂降到山腰下的野溪，再攀上源头，把自己丢进上游的落瀑中，然后像一具流尸漂回到下游的深潭。也许不应该死才会那么困难，水中的岩石经常卡住我的身体，没办法像一片落叶随波逐流，或像一只落水狗葬送渊中。我只好借着石侧的深濑继续尝试，想象自己是个新手没入水中，刻意手忙脚乱地沉到底，为的就是体会那种完全灭顶的逼真。

可惜总是会在即将完成的瞬间挣出水面，除了喝下太多溪水，冥冥中还有一股神秘的怪力狠狠把我推开，然后让我看见了那个人，他突然又在波澜中现身了，仿佛每一片水域早就被他的亡魂占领，他一样露着那过度惨白而浮肿的脸面，并且朝我睁开了鱼群啄过的眼睛。

于是秋天过去了，活着回来的躯壳，死亡般地度着永远的夜晚。

外面的市场持续黯淡着，除了马达老板，不再有人提起老人与海，我也宁愿那个钓鱼老人从此没有回来。倘若搏斗的意义是为了完成悲剧，或许要等到悲剧过后才看得到重生，那么，此刻的我究竟处在哪里，悲剧才刚刚开始吗？还没走到一半吗，我有能力全程走完吗？如果秋子真的从此音信全无，秋子不在的重生究竟还能象征什么意义？

果然还没走完。上天又开了一个玩笑，而且这次的象征竟然那么逼真。

是这天傍晚。

我搭老板的便车来到山下的客运站，准备回家带上几件冬衣，他急着赶赴一个饭局，简单交代几句话后先行离开。客运站还没到，一部计程车却靠上来，跳出两个年轻人，含糊地问我要不要搭车，没说完却已经把我架进后座里。

他们亮出两把枪，分别堵在我的腋下和小腹，我看不清他们的长相，只听见凶暴的声音恫吓着我的挣扎。我说，你们抓错人了。

一把枪柄横过来，闷闷两声叩在我的肋骨上。

“有问到你，才说话。”其中较为魁梧的说。

口袋里的东西被掏了出来，旁边的小个子瞧过皮夹哼了一声。

开车的转头说：“要不要把他带去烧掉，和上次那个……”

“给他一个机会嘛，”魁梧的轻声对我说，“你本来要去哪里？”

我来不及回答，拳头已经落下来，像一只手掏进肺里。

“连一张金融卡都没有。那怎么办，你赶快想一下，台北现在有谁可以救你，赶快告诉他你被三个人绑架了，够朋友就带钱来。”

“打电话回去也可以，叫家里的人赶快筹钱。”

“不要说你连老婆都没有。”

每个人轮番说话，我只好选择噤着声音，却又连续挨上几拳，有一拳从脖子往上勾，牙齿立刻穿进肉里，然后整个脸被一只大手压在膝盖上。车子里这时突然又安静下来，他们用黑话轻声交谈，说完后魁梧的说："不要以为我们随便抓人，那也是要看对象的，碰到尿裤子的干脆马上撕票再说。但是你这老兄不一样，活该，刚才从那部宾士车下来，算你倒霉，再装没钱就不够意思了，我们从现在到明天都有时间。"

就算我想说话，嘴巴也被自己的膝盖堵住了。血从牙肉中渗出来，等着它慢慢快要凝干时，对方的手肘便又准确地补来一记，糊糊的牙肉马上又有新的黏液倾注出来。

车速逐渐平稳，慢慢穿进夜里，可以感觉他们正在兜着大圈。

我一直看不见的未来大约就像眼前这样，鞋子是黑色的，脚底的踏垫也是黑色的。我不知道为什么会是我，然而我也不知道为什么不是我。为了避免窒息，我悄悄挤开嘴角的狭缝呼吸，以致潮湿的热气随时糊在膝盖上。时间应该很晚了，天亮却又还很早，而我本来只是打算回家拿几件冬衣。

我用力拱起后背，撑开了嘴角说："载我回家。"

三个人听完大笑，笑完后乍然停住，留下一种怪异又凄凉的尾音。

右手边的小个子总算说了话："我认为可以试试看。"

"怎么说？"

"他看起来很清醒，应该有诚意，不是在骗我们。"

"喔，那就不要亏待他，给他喝一口水，问他住在哪里？"

我说了地址，至少还有一百多公里的路程，他们却毫不惊讶，车子马上掉头疾驶，开车的转到交通台的频道，新竹路段有一桩擦撞意外正在处理。

“家里大概有什么东西？”小个子说。

“抽屉里应该有一点钱，还有一台相机。”

“你老婆真的不在吗？”

“老三，跟他说我们见一个杀一个，其他不要问，让我睡觉。”

车子就这样来到了台中。

他们推派小个子跟我进门，家里的壁钟指着三点五分。我进去洗脸，他的枪对着我后背，秋子的相机已经挂在他的肩膀上。

“以前拿不到钱，我被老大绑在麻布袋里饿五天。你赶快说，抽屉里面为什么只有五千，不然我真的会很惨。”

小个子继续翻箱子，最后挖出了连我都不知道的存折印章。临出门他叫我换上布鞋，把肩上的相机拿下来丢在桌上：“你走路要轻一点，不然我会开枪。既然存折已经拿到了，照相机就给你留着好了，老大最讨厌这种会拍出一堆证据的东西。”

“我想拜托你一件事。”我说。

“我们一定会放你走，老大很讲义气，他不会骗人。”

“不用麻烦，我转过去不要看，你对着我的背部开枪。”

他愣着一张脸，眼睛不敢看我：“这种事我不能做主……”

我们回到车上，魁梧的老大瞄着存折里的数字说：“你怎么说我抓错人，有这三百万也算是我们的财神爷咧。你现在就开始睡觉，我们不要吵你，银行九点开门的话，那就九点十分进去。老三，到时候还是你跟着他，我没想到你现在做事情已经那么成熟了。”

小个子把饮料插上吸管塞到我嘴里，没多久已经打起了鼾声，魁梧的也歪向一边睡着了。车子轻轻滑到幽暗的树下停下来，这个时间轮到开车的负责看管，他熄掉了引擎，手肘搁在置物箱上，握住枪管对着我。

时间一分不差，我们总算踏上银行大门的阶梯时，小个子藏在夹克里的枪管抵着我的腹侧，另外两个则举着枪坐在车窗口戒备着。我们走到了柜台前，女柜员接走了存折印章开始比对，这时，最里面的墙下那张主管桌，有人站了起来。

我终于见到他了。

他朝我招招手，旁边就是他的会客沙发。我往斜晃走一步，小个子这时抵得更紧，我只好慢下来，随着他隐藏的枪管慢慢推着前进。

多日不见的、曾经那么贴心的罗毅明，他依然有着淳厚的面颜，白衬衫，蓝领带，一派洁净的绅士风采；相对的，在他眼前的我，一夜憔悴的形影，衬衫领口沾着血水，薄外套邋遢着长时间压制的皱褶，黑色长裤尚且搭着怪异的白布鞋，胡子也还没刮，眼神已经涣散了。

他当然已经发现了这些蹊跷，表情诧异地愣了一下，心里应该是相当震惊的吧，却没想到很快又镇定了下来。我以为他的冷静是为了伺机行事，只要眼尾稍稍一瞟，旁边不远处的警卫马上就能警觉到微妙的讯息，或者他也可以和小个子随便找话聊聊，只要对方一开口就听得出哪个环节不对，至少还可以拖长一些救援的时间。

然而他没有。他放弃了。他虽然发现了什么，却似乎已经决定不做什么。我看见那英挺的身姿忽然朝着椅背深深靠上了，神情忽然变得十分悠闲，随口要我喝杯茶，几根手指却在自己的下巴处摩挲着，一直到女柜员终于把大捆钞票捧过来，大约就是送客的时间了，这时他轻飘飘地瞄了我一眼，然后站了起来。

13

他们得手后往南逃逸，到了一处无人的荒冢才放我下车。

四周都是竹林，每个坟丘之间错综相连，我跌跌撞撞滚落山坡后，总算发现一条产业道路横在眼前。我爬到电线杆下试图拦车，一路空有冷风扑面，呼救的声量却高亢得异于常人，仿佛融合着我和秋子的呐喊，两个喉咙一起发声，对着罗毅明除外的任何人。

我忘不掉的是那个轻飘飘的眼神，那曾经使我景仰的却在最后一刻把我遗弃了的，我心目中的罗毅明，原来他真的造了孽，难怪不希望我继续活着呢。

我怎么可以不活下来。

赶回山上已近黄昏，我补请了一天的事假作为交代，理由无足轻重，只说一个行李袋忘在了某节车厢里。秋子被玷污了才是真的，罗毅明用他冷漠的神情招认了。那三个歹徒岂是我要追查的重点，我只是多么想要找个人说说话，告诉他说我回来了，我不仅走出了轻生之路，而且已经闯过一个黑暗的关卡。

我想要重新站起来，这时才发觉竟然已经失去了一种本能——

以前只要想起秋子，脑海中马上就会浮现出她的脸，此刻却要凝思良久，借由相关记忆才能凝聚她的形体，譬如从她的名字，从那酒窝的标记往脸部延伸，从床边身体的缠绕或是乳侧那个隐藏的伤痕……

只记得她身上所附属的，却遗忘她了。

为了亲眼看见她，我开始无法面对他人说话，随时处在分心的恍神中，仿佛兼顾着脑海里的一扇门，担心她走了进来而我没有发现，或她走不进来而我只好继续等待着。

马达老板后来也发现了这个毛病，他叫我不要懊恼，他说这很自然，你住进了现在的房子，还记得搬家前的浴缸吗?

我也曾想过把她的独照带在身旁，随时拿出来记忆她的影像，然而一个深爱的人如果只能躺在口袋里，不就表示已经失去她了吗?

这样的日子一直熬到冬天，我用尽每个深夜赶制手边的工作，把延推的企划案编辑成书，里面加注生态复育的初步检讨，也把SARS疫情扩散以来的市场概况总结说明。然后选在这一天，来到年末会议的这天下午，一个突然让我发慌的下午，我把报告书交到马达老板手上时，向他提起了一件事。

我说，我们上次去过一家电器卖场，楼上有一家联谊社。

“怎么会忘记，我只是遗憾没办法记住每个女人。”

“晚上能不能一起吃饭，然后你带我去那里看看。”

“你早该说了，男人没做过的事情迟早都会后悔。”

“我只是觉得时间到了，应该就在今晚……”

我们来到联谊社的时候还很早，客人不多，几个女的已经坐在透明包厢等待着，有的无聊地拨弄头发，有的吹着指甲油，也有一个偏着脸，像只鸽子看着窗外的屋檐。我要找的人却不在那里面。我向侍者比画出她的高度，她有些苍白的瘦瘦的脸，还有她把长头发收在右肩的样子。侍者悄声说，我知道她，没有人愿意点台啦，都很久不来了。

他接着说："你一定要相信我，穿黑色风衣的这个不错，现在站起来了，就是她。如果你不信，可以先到外面楼梯口那边等，我安排她去那里会合，她会打开风衣让你多看一眼，里面都没有穿。"

"我不是来做这种事的。"

"难道你来相亲的吗？"

我似乎伤到他了，他的语气转为冷淡，回到柜台拨电话时显得很不耐烦。但是半个小时过后，大厅最里面一道小门却悄悄推开了，她果然出现了，穿着临时赶来的素装，长发依然披在那右边的肩膀，只是那副神情有些迟疑，随着侍者指过来的角度怯怯张望着，似乎很想知道哪个客人点她来。看来是真的很久没有客人愿意找她了。

她很贵，侍者说，有些不安地在我耳边咬出一个价钱。我也只好回他一句悄悄话，告诉他下个月开始我宁愿每天光吃馒头度过三餐。他的冷淡这才回暖，眼里飘出了一股会心的忧伤，赶紧回头去叫她带着皮包准备出场。

我和她走出联谊社后，穿进一条巷子，她走前面，两只小腿忙着跳开雨后的水洼，我只好跟着她边走边停，照理说应该拉住她的手，但又不想让她觉得肮脏，只好放弃了这个念头。本来还想问问她的名字，想想还是算了。我比较讶异的是出场前她还对着我笑，没想到上街后倒慢慢寒起一张脸，似乎买卖分得很清楚，肉体卖掉了，情感保留下来，难怪一路都没有吭声。

她当然会错意了。我只想找一家咖啡店，让她坐在对面就好，两个小时够用了。每个人虽然都有自己的原型，但就是因为秋子不在，我才要花钱找她来复制她。但她这样一直寒着脸，最多只能皮笑肉不笑地敷衍着，本来那么酷似秋子，戴着面具可就越来越不像了。

当然，我也纳闷着刚才为什么突然下起雨来。我和秋子的记忆里经常就是下着雨，雨总在最重要的时刻下着，可见她真的很像秋子啊，连下雨都像。那么，这个女人身上究竟还有多少秋子的叠影，我莫名地暗暗期待着。

像她这样的瘦溜身材，身上也没有很花钱的治装，从后面看当然是贵了，皮包看起来也是地摊货，鞋子踩在水里那就更不值钱了，可是当我跟着她来到宾馆门口时，却又涌起了一股仿佛偷来的窝心。啊，不去喝咖啡应该也是对的，除了看她的脸，她的身上或许还有更多的秋子吧，怎么能说贵呢，我认为只要有三分像她就非常值得。

14

老八我的老板，倘若此刻他是我，进房后一定先冲澡吧，把淋浴间的水龙头开到最大，在一片浪涛中高歌着帕瓦罗蒂的《四海一家》，然后光着身子跑出来，像抓小鸟般把这个女人扑倒在床上。

我第一次来到了这样的房间。

为了掩饰自己还是个生手，我把她的手拿过来放在膝盖上，轻抚两下，手指长而细滑，白白地贴着袖口，使我忍不住想把她的袖扣解开。

她却不喜欢这样，很快缩回她的手，宁可解开了靴子，转身把她的小外套脱掉了。如果再不阻止，她将只剩一个赤裸到底的肉体，而我却还没准备好，我真的不是来做这种事的。

这时我只好告诉她，如果不介意，干脆把灯全都关掉好了，我们来感受一下完全黑暗的房间。

“你不能吓我。”

“别误会，我只是觉得这样说不定很好玩。”

她开始看着我，仔细地看着，虽然有些讶异，却又十分欢喜，甚至怕我反悔，用力点着头，两眼眨出了一种喜悦的光。现在吗？她说。她起身走到门灯那里再看我一眼，开始淘气地笑着，于是那些灯光便随着她的脚步一盏一盏熄灭而来，来到我这边的沙发时，我自己也把最后的一盏台灯关掉，果然一瞬之后我们终于一起消失在黑暗中。

她小声问我，洗澡的时候可以开灯吗？

我点点头，这才发觉彼此已经看不见，只好嗯一声回应她。

于是她开始摸索，从椅子上捞起皮包，站起来，慢慢经过我的膝盖，用她的手指轻触着床单，直到终于摸上浴室的门把，打开了里面的灯光。

“为什么你想要这样，很浪费时间耶。”

我还没回答，她已经溜进去了，黑暗再度淹没房间，只剩莲蓬头的水花偶尔溅上玻璃，像别人家的水管穿过深夜的声音。

在那飘忽的水声中，我听见她哼了起来，是个轻快的调子，前一段完整，后面的几声如同泡沫般起落着。我不知道她为什么想要唱歌，本来寒着一张脸的，是想起了什么吗，或许她也觉得这样很有趣，所有的灯真的都熄灭了。

快过年了，窗外还有依稀的街声，烤地瓜的贩子路过不久，一部服饰广告车跟在后面沙哑地叫着。房里这时也出现了动静，浴室门悄悄地被她推开，趿着纸拖鞋走过来了，划着一条慢船似的，嘴里嗔了几句，却又玩味着一种捉迷藏般的淘气与天真，摸上我的大腿才松了口气依偎下来。

她坐在我的大腿上，我可以感觉到她披着浴衣而敞开的肉体，像个香喷喷的小蒸笼刚刚打开，她拿起我的手放进里面，乳下还没擦干，濡湿着一种滑脂般的温润触感，有如把我带进黑暗中的迷航。我因此抱紧了她，再也不会感到羞涩，甚且大胆地抚摸起来，整张脸埋进她的乳间，哪怕不是秋子也已经那么接近秋子了。

“换你去。”她说。

简短的语气更像秋子。我撩上她光裸的颈子，想把她整个人揽进怀里，然而这个动作却突然吓到她了，她急着想要挣脱，脸孔一直往后仰，不让我的手穿入她的长发中。

尽管我的手已经触电般猛缩回来，但是来不及了。

她的头盖骨有一边是平的，像一颗不完整的石头掩在树丛里。

我抽回了那只手，然而整张脸却还埋在她怀里，周遭的黑暗突然是那么令人懊恼，让我迟钝得无法动弹。我不知道应该怎么说话，只感到自己的心跳夹在两个肉体中间动荡着。

“难得你不想开灯，我以为今天过关了。”她凄然笑着，“看来还是不行的呀，我还是回去好了。”

留了多久的长发，才能完全掩盖掉那个不幸的阴影呢？

我没有回应，却在黑暗中突然哭了起来。

第四章

敌人在梦中歼灭，
樱花在床头盛开

如果还没准备好，我们可以不要开始。白琇小姐说。

她还等着我回答，前倾的上身凝住了我的呼吸，我往后靠上椅背，才发觉自己好像被她控制了。她的嘴角抿着莫名的笑意，两手摆放在深蓝色的古布中间，等待的时间偶尔抚着左右两边的皱褶，然后缩回来交握着，像拜年一样拱着小拳头搁在面前。

“还要准备什么，你现在就开始吧。”

“你的心还没回来，杂念太多了。”

可以了吗，她说。这时她终于不再等我，拿出桌底下的篮子，掀开了竹编的环盖，取出十来个样貌相异的瓶瓶罐罐，开始在她两臂之间摆置起来。这些古怪的瓷器什么颜色都有，坦白说每个都很典雅，当它们慢慢呈现出前后有序的层次时，她忽然朝我合掌说：“献丑了。”

她把烛台端上桌，添上一截小黑炭，烛台下点起火来。

黑炭慢慢烧红了，用银色的夹子把它埋到小小的炉灰中。

“每个人都有说不出来的痛，就像这一团火藏在灰里。”

说着她拿出了一根羽毛，银蓝色的，羽边滚着一道漂亮的紫彩。

羽毛当成了她说的香帚，用来清理炉子里的白灰，白灰叠成一座小丘，耙出了横条状的波纹，像个小小的枯山水静静躺在炉中央。

接着她又摸出一个小银碟，说是云母片，架在埋炭的正上端，再从瓶子里倒出深褐色的粉末，隐藏的火山便开始悄悄地熏烧起来。

许个愿，你想要什么。白琇小姐说。

1

我还能想要什么愿望？让我想想。

窗外的芦苇已经都白了，如果还能要求什么，那就最好任何人都走开，我不希望有人和我一起看见秋子，毕竟这么久以来也只有我一个人为她悲伤。

我想要的只剩这个了，何况她就要出现了。

她也许已经躲在芦苇浪里，本来还有些迟疑，忽然看见了店里一盏灯，因此马上激起了一脸的惊喜，“去年没看到的呀。”是啊，去年怎么会有，那时多么荒凉，门口的砾石还是临时铺上的，别说是一盏灯了，仰着头也看不到凄凉的月光。

离开四年了，一个女人禁得起那么久的漂泊吗？每年春节我会去她家里过上一夜，秋子妈妈总是噙着泪水望向山腰，任何一点车声都会揪着她顾盼起来。我们围炉吃着无声的年夜饭时，屋角一座挂钟答答答地催问着，没有人有能力回答，每年都是如此，开春的鞭炮一串都没有点燃。

白琇小姐要怎么唤醒这样一个卑微的灵魂？除了自责、追寻、无助地陷入恐慌，我活下来的勇气竟然就是因为她父亲的无情，而最后促使我不顾一切来到这里的，却是任何人都不知道的一个陌生女人。

白琇小姐，你相信吗？我在那个黑暗的房间里竟然痛哭起来。

那女人听我放声大哭，显然吓到了："别这样，你是对我失望吗？"

虽然看不见她的沮丧，但我知道自己失态了。我用袖子擦干了泪水，也不知道接下来应该怎么办，马上起身一定让她更为难堪，只好继续抱着她，没想到她的身体也跟着我的哭声一起冷却了。

"不用考虑我，不喜欢可以不要做。"她说。

我没有放手，只顾摇着头想要留住她。

"真的可以吗，可是我压到你了呀。"

我鼓起热情堵住她的嘴，这时她已不再抗拒，只是一直溜开嘴角问着，刚才你为什么哭，哭得那么伤心呀……我没让她说完，再一次环住她的颈子，感觉着她的乳房释放出来的秋子的幻影。这时她总算稍稍安了心，顺手拨着我的头发，说起她的头盖骨因为车祸而受伤的遭遇——男朋友后来跑掉了，她现在只剩下一个妈妈。

"那你呢？"她说。

“我吗，最好不要说，你也不要听。”

除了脸型和五官，秋子的困境竟然也那么像她，那种痛楚想必都是一样穿透内心，才会在天未亮的那个凌晨，毅然带着身上的不幸从我身边离开。

我们在那黑暗的房间里待了很久，直到柜台打电话上来催房，一场漆黑的电影这才婉转地落幕，四周亮起了散场灯，我眯着难以适应的眼睛，看着她走到床尾捡起散落的衣物。她开始穿衣服，仿佛已经习惯黑暗的摸索，底裤虽然穿上了，却裸着上身转过来，不急着把她的胸罩穿回去，还走到窗边拨开帘子看着外面的夜空。

“请你吃饭好了，难得我赚到钱还那么清白。”

我在一个路口看着她离开后，才发觉还没联络马达老板。没想到他早就退房了，正在吉林路的招待所和一群朋友唱歌喝酒。那里的气氛似乎已经炒得热滚滚，电话中我听见他扯着喉咙说：

“怎么样，你这次爽到了吧。”

我鼓起勇气告诉他，想要请一年的长假，如果公司不能破例，那就让我递出辞呈离开。他在电话那头又叫又嚷，旁边有人唱歌，台语歌，背景音乐中的汽笛从铁轨上噗噗传来，一下子淹没了他的声音。

两个月后我来到这里时，初夏才刚开始，蝉在河沟对岸叫得比这边响亮，废弃的矮屋只剩一个电表，房子的主人已是第二代的小孩。他可能以为我是个大画家，租金便宜得像借住一样，每天跑来帮我清理杂荒，还央求他做木工的叔叔造了上面这个夹层房。

咖啡店开张第一天，路过的只有一个香肠摊，砾石上的车轮喀喀喀地震晃着那吊在车架上的生香肠。他说刚从庙口收摊过来，很好奇这边为什么突然亮着灯，以为终于可以看到鬼。他的炭炉还有一点余温，搧几下就起了火，便在路边和我烤起了香肠。那时的我多少还有一股恨意暗暗蠢动着，很想问他关于罗毅明的讯息，却又怕他声张出去，只好把半句话忍在嘴里，合着两条香肠一起吞下去。

从戒口那天直到现在，我真的做到了绝口不提的缄默，若不是白琇小姐一再前来软硬兼施，若不是她父亲跑来喝了那杯咖啡，罗毅明这个名字，对我来说其实已经不存在了。

我想要找的不过就是秋子，还有她的清白。

其他的都不重要了。

因此，当白琇小姐郑重其事地要我许愿时，坦白说我感到滑稽却又迷惘，只好跟着她眯上眼睛，满足她想要作为一个心灵道师的幻想。

这时候，她终于开始操作起来。

她先示范着吐纳的快慢、持炉的韵律以及闻香的表情，一轮完成后换我现学现做，我便也捧起了小小的香炉，像个笨蛋撞进精灵之门，问都不敢问，说也不能说，生怕手上满满的炉灰被我的笑声扑出了尘埃。

白琇小姐前后更换了四种香料，说是代表春夏秋冬的意涵，每种味道只要闻过三巡，她就会重新换上不同的粉末。这时的空档她才说话，嗓子有些沙哑，像是飘飘然神游之后重返人间，极度好奇我这平凡人物的感应，频频问着说："你闻到了什么，想到了什么，有看到云海吗，有走过一片森林吗，有觉得身心放松了吗，没有吗，真的还没有吗？"

为了帮她完成那种高贵的使命，我只好对着她猛点头，胡诌着说我真的看见云海了，看见云海里刚好飞过一架波音客机，还突然卷起了一根羽毛呢，羽毛是那种轻飘飘的黑，我觉得那应该就是我，映着金色的霞光……

"你在胡扯啦，怎么会有波音客机。"

"不然就是侦察机，它和你一样正在搜救我的灵魂。"

我忍着不想取笑她还有什么妙方，为了挽救自己的父亲或者我的良知，坦白说她已经用尽了力气，毕竟是那么当真，一整套的道具都备齐了，且是专程带来的。白琇小姐辛苦了。

2

几天后，店里来了一位稀客。

一部黑车停在砾石外的黄土路上，窗玻璃也是黑色的，长长的喇叭声对着店内猛响，直到驾驶座的门一推开，我才看见司机老郭跨出来挥着手。我迎上去的时候，后车窗这才缓缓降下玻璃，里面的他撑着一副大墨镜，说穿了是来吓我的，这时总算吭了声："你应该出来迎接吧，我专程来的。”

马达老板变得不太一样，嘴里不再咂着槟榔，身上也闻不到浓浓的酒味，走路的身手还算利落，穿着一双正常皮鞋，已经看不出两脚有什么异样。我让他坐在窗边，白琇小姐那天的香道似乎还有余味，他吸着鼻子测探着，问我喷了什么精油在空气中，他说自从戒烟后连一粒灰尘都闻得出来。

“你怎么样，我常常在帮你估算倒店的时间。”

“还早，请假到明年春天才满一年。”

“我打赌你请假一百年，还是一个人在这里卖咖啡。”

他瞧瞧四周，探出窗外喊老郭进来休息，然后像那菜鸟警察一样盯着头上的夹层，接着回到我身上：“别傻了，她不会来的。”

“记得就会来。”

“嗯，真像在拍电影，还要等多久——女人是用等的吗？”

他偏着头瞧着外面的堤防：“我也想过要不要把老婆找回来，听说最近被一个闯进餐厅的白人打昏了，交代员工说不必让我知道。你看这有多惨，她应该不是怕我伤心，是怕我不会伤心。”

我调了一杯老派的曼特宁给他。印象中，他对任何事物的喜爱大约只剩一杯咖啡的忠诚，没想到现在多了那么一丝丝的惆怅感。

老郭要了一杯红茶。窗外下午四点的天色，初冬的风推着落叶滚进了那部黑车底盘下。我陪他喝着咖啡，听他说着半年多来的山务进展。“前几天工人还看到了两只山羌，从野溪那边溜上来吃水果，听说很像一对母子，可见我们的生态复育做得越来越好。不过也有小偷，算他倒霉了，你睡觉的那个房间一定很让他失望，留下一坨大便才走。”

“那几个兄长呢？”

“我就知道你会问，你最清楚我和他们的关系错综复杂，今天来也是为了这件事。你知道吗，那七个现在对我客气得很，都不叫我老八了，谁不知道我耗在山上是在替他们拼命。现在那些景观绿化已经稳定下来，连最近一棵移植过来的老茄苳本来要死不死，看大家活着只好硬着头皮撑下去。小子，你应该知道我在说什么，时间快到了，我还在等你回去，要推案啦，赶快振作起来。”

我准备给他再续一杯，等着磨豆声还在嘎嘎响，才发现窗外的树下又露着那截熟悉的车身尾巴。这下她要穷等了，我想。马达老板问着秋子的事，声音轻得司机老郭都睡着了。“当初你来应征，跟我说一个家人都没有，那副可怜样把我吓了一跳，因为那时我最困扰的就是家人太多。”

我傻傻地笑着，真的是一副可怜样啊。

“他妈的我被你骗了，你那天说了一句超级伟大的鸟话。”

谁还记得，我讶异地看着他。

“你说应该要有一番作为，才能拥有她。说得真好听。”

我想去给老郭加茶，被他挡下来。也是因为被他挡了下来，心里突然抽紧了。我是说过那样的话。

“你现在的作为又是什么？自己想想，每天愁眉苦脸，她就算想要回来也不敢，一定自认为这些都是她造成的。你要想办法敞开胸怀嘛，我也是被那七个磨了一万遍才学到的。”

他看天色渐暗，反而决定不急着走，叫老郭去把车开过来：“很久没有和你喝两杯了，我听说这里有一摊猪头皮很够味，怎么样，一边吃饭一边聊，我们再讨论一下推案计划，房地产最近有点好转啦，定价策略虽然可能要往上修，不过最重要的是你的提案都不会改变，大家擦亮眼睛等着看你表现，老人与海嘛，难得人生的奋战精神可以搬上建筑舞台，这是不得了的创举，你就看着办吧，赶快打起精神，千万不要连一个老人都不如。”

我们出发时，停在树下的那截车身还在，准备拉下铁门时我犹豫了半晌，突然觉得不忍心，只好留着玻璃门虚掩着。

马达老板的黑车开上街时，天更暗了，到处绕了几圈后，他还为了那摊猪头皮问了两通电话，再也不像以前只要看到摊子就坐下来。

“活得那么封闭，别说猪头皮，恐怕你也不知道哪里卖猪肉吧？”

我们在妈祖庙后面的巷口喝起酒来。他不碰啤酒，叫老郭从行李箱摸来一瓶特级高粱，两杯下肚后，话题却从最近的养生之道谈起，他和几个朋友最近迷上了萨克斯风，每两天就去上一堂课。

“那个老师说我的肺活量像一只青蛙，妈的，练到打喷嚏时肚皮两边都会痛，不过现在的丹田好像死掉又复活了，吹起来好像在吵架。”

我想起了躺在山上喝啤酒的那个夏夜，他一直说着帕瓦罗蒂的高音 C，很担心那个世界男高音唱不上去，其实说的就是他自己。这个人好像突然翻转了，以前出门要三部车才找得到自信，现在似乎已经用不到，一把萨克斯风就让他吹嘘得活灵活现。

我喝得醺醺然回到店里时，白琇小姐已经把车开走了。

但她进来过，柜子上留着一个小纸袋，里面并不是字条，而是夹着两张相片。一张特别眼熟，是她家院子里的那棵大樱花；另一张却让我傻了眼，久久久久说不出话来。

3

没有见上一面的白琇小姐，她就像寻找失物那样焦急，我的酒意还没退，电话就来了。她说季节变换的影响，父亲的药量不得不跟着加重，看着他慢慢入睡，才有心情打这通电话来，问我回来多久，喝醉了吗，那部车子是谁？她不能眼睁睁地看着我被人载走了。

“我以为你被两个坏人挟持。”

“照片都是从你家门外拍的吗？”

“嗯，同样的房子，你当然一看就知道，有樱花的那张是我父亲去年的作品，每年三月他都会拍几张保存下来。”

“我想知道的是另外一张。”

“不就是樱花不见了吗？”

“为什么不见了？”

“上次我回来的时候，吓得以为走错门，地上已经清理得干干净净，新种了一大片的灯笼花，还很得意说院子变大了，以后每天都看得到花。我去问了工人，说挖下去的时候才发现樱花的细根都烂了，猜是灌了很久的盐水……”

“你留下这张照片，对我来说太沉重了。”

她沉默许久，突然微微哽咽起来：“我父亲这辈子，大致上就是这两张照片的翻版，有樱花和没有樱花，人生大概也是这么回事吧。照片只是留下来给你对照，并不是要你同情。”

稍稍平静后，她提起上个月的事，说是推辞了一个摄影联展的邀请。

“我急着找你就是为了这件事，他现在连最得意的樱花也没有了，摄影展还能放弃吗？我赶快又去补上一份同意书，正在替他选样，突然想到如果每张参展作品都有你的参与，你来亲自题上一些字，这件事一定会变得非常奥妙，说不定就是对他最好的疗愈。”

当然是太过奥妙了。挂上电话时，我心里告诉她。

照片里，罗家的院子已经空空荡荡，只剩一片平常隐没在树冠中的黑瓦白墙，仿佛考验着我对那棵樱花的记忆。秋子当年按下生平第一次的快门，就是那个红艳艳的瞬间，开得多么灿烂的樱花，把她的笑靥都染红了，我还记得她是站在院子里拍摄的，很多苍劲的分枝伸过墙头不见了。

罗毅明每天给樱花灌着盐水的时候，脑海里必然还是清醒的吧，虽然不是樱花使他罹病，但未尝不是因为它象征着危险的美，一切才因为它的盛开而凋零。他自己最清楚，他在那样一场花心拂乱的迷惑中把自己推进了深渊。

无论如何，这张照片算是传来一种追悼的讯息，代表着一个悲剧的起始已经断灭了。可是，就算我愿意为那些参展照片题字，不见得也有勇气面对他的每一帧作品；凡他罗毅明涉猎之处，怎会没有秋子误蹈而去的足迹？她躲在镜头后面，屏息等待着大师建构的美景，是那么充满着对他的景仰，满脸盈溢着和我一样的天真，根本没注意到他的寂寞是那么苍老，随时都会忍受不住别人的青春。

多么遗憾，曾经那么灿烂的樱花，我生命中的敌人的樱花……

酒醒之后，心里的痛仿佛才开始流窜，樱花的消失反而勾起更多的感伤。白琇小姐的期待显然是要落空了——她怎么想到的，要我去哪里寻找高超的道德来宽恕他？这不就像是要我把爱写在恨里面吗？

我把没有樱花的照片翻到背面，只留下深夜里的一行独白：

敌人在梦中歼灭，樱花在床头盛开

写好了这些字，颇以为终于可以走出过往的沧桑了，消灭敌人不费一兵一卒，美丽的樱花终于为我一人盛开，这样的境界是多么令我欣慰。

然而当我爬上夹层躺下来，满脑子却还是那个天未亮的凌晨，秋子又在黑暗中摸索着了，她的行李是那么轻，只有几件衣服怎么过完她的一生？想到这里，我的眼眶已经又是满满的泪水，只好再度爬出夹层，来到桌前继续对着那张照片发呆，然后在不知几点几分的悲伤中突然把它撕碎了。

4

我恍恍然躺到第二天中午，完全没有开店的心情，干脆锁上了玻璃门，从铁门底下溜了出来。外地来的游客已经陆续来到街上，妈祖庙沉寂一夜后再度飘起了香火，庙后巷口的那个酒菜摊却还锁着一圈铁链，我绕出去吃了简单的午饭回来，总算找到了昨晚酒后遗落的手机。

突然很难打发的下午，脑海里一直都是那棵樱花的消失，不禁想到这会不会是罗毅明对我的软弱报复，说不定他就是故意让我陷入失焦的痛苦。

我拦住了一部计程车，吩咐司机慢慢开，沿着小镇周边绕完再说。他说没有目标很难计价，问我可否跳表，不然镇上都习惯以路途长短来喊价上路。我说随便你的意思，爱怎么算都随便你。后来确实因为不知道要去哪里，我只好改口答应他。

先生是哪里人？台北。第一次来吗？第一次坐计程车。

沿路看到景点时他就会停慢下来，车子里都是他的海口音，远从历史典故说到古迹保存，他没发觉这种低沉的海口腔调是那么催眠，一圈绕完后我已经快要睡着了。

“开到海边看看。”

“如果要观赏海景，应该要从外环道绕出去。”

“不用，我只想看看这里的海。”

“喔，那就是没有沙滩的海……”

车子掉头，朝着直线穿进去，窗外果然很快出现了我和秋子走过的踪影。我请他停在海口的驳坎下，试着用力推门才把风挡开，后面一排排的木麻黄乱发扭腰，海滨的冬季狂送着空洞的呼号。

“我可以载你去湿地，那边人多，也有竹筏半日游。”

我要他继续往前开。经过一间小学，接着是起伏的土坡路，他说再进去就看不到什么了，只剩下一个兵营。车子折回往东走，越来越荒凉，他又提醒这是邻乡的去路。

“这地方很小，先生要找人的话，说一个名字就好。”

“万一没有名字？”

“那就说一个姓试试看，有客人考我十次，说我可以选镇长。”

罗。我心里说。

车子绕出了环道，折回来却又是熟悉的镇街和妈祖庙的飞檐。经过一家小旅社时，我突然想要好好洗个澡，因此叫他后退停下来。

“中午你上车的地方，就在这一间旅社后面。”

厅口进去有个穿廊，楼梯躲在深暗的尽头，爬到楼上才发现天井里开着一棵玉兰花。房间很简陋，小床靠着墙，对我来说却已经舒适多了，趴上去时很想翻滚两下，可惜浑身不知何故地疲惫着，从昏睡中醒来已经天黑了。

这么一天总算让我消磨大半，我沿着镇街慢慢又走回自己的咖啡店，快到门前那条砾石小路时，却远远望见店里面竟然亮着灯，亮得四周更暗了。错愕中我开始跑了起来，越接近就觉得它越真实，连门侧的竹子都筛出了窗内的光影。

秋子。我的直觉就是秋子。秋子她自己走进来了。

使我诧异的是门上的玻璃已被敲碎一地，这又不像秋子了，她会耐着性子倚在门口，像以前那样含着酸梅般惊喜地看着我。我伸头一探，不禁纳闷起来，里面的墙边确实坐着秋子的短发，一件灰绒色调的洋装，颈后亮着一条细细的银链子。

我来到她背后时，总算明白了，恍然中感到一股困惑袭来。

白琇小姐就算无所不在，至少这也不是她会突然出现的时间——是来寻我开心的吧，才让我掉入这种尴尬的错觉。她没有转头，反而兀自打开面前的饭盒吃了起来；另外还有一个饭盒搁在她对面的空位上，连一双筷子也摆得整整齐齐。时间将近七点，仿佛等着迟到的客人来到她面前就位。

“你已经回台北了，为什么会在这里？”

“你在等一个人，我也在躲一个人。”

“那也不应该破门而入……”

“一块玻璃怎么抵得上一棵樱花。”

她冷冷说完，又夹上一口菜，吃得极为认真，短发下的颈脉微跳着她细细的咀嚼，脸是对着墙的，似乎看着白墙才能吞下今天的晚餐。她伸手推推另一个饭盒说：“我自己做的，快要冷掉了。”

窄小的空间里，容不下我像吵架般一直伫在背后，只好坐下来打开她做的便当。我低着脸吃饭，却发觉那短发下有着一双正在凝视的眼睛，我夹起一块豆皮，她也凝视着一块豆皮那样。我塞进嘴里故意抬起头，果然迎见了这双直视的眼睛，已经不像以前那样闪躲了，嘴里也没有停下来，吃得那么壮烈，像要赶赴沙场前夕的最后一餐。

题字的事拒绝她之后，变成了现在这样的距离。

幽暗的店门外，这时突然有人砰的一声关上了车门，没多久开始叫嚷着一串粗沙的男声，白琇、白琇地呼唤着，听起来很像圈着手掌呐喊，喊完了门侧，来到那破掉的玻璃门外又叫了两声。

“难怪那么冷，风从破洞灌进来了，你去把铁门拉下。”

“这不好看。既然是来找你，就让他进来再说。”

“不行，铁门一关，他才知道我的意思。”

我犹豫许久，走到门口却看不到人，把铁门拉到底之后，那声音才跟着停下来，没想到车子引擎这时突然又发动了，一直深踩着油门发出了熊熊的怒火，我以为他会朝着店门冲进来，没想到车子掉头了，还没打开大灯已经冲上幽暗的路头直到消失。

“你说在躲一个人，原来就是他。”

“男人的爱情就是这么差劲，决定不想继续折磨下去，他才一路找过来，车子开了两百公里，没几分钟又跑掉了。”

“至少他来了。”

“听到关铁门的声音就马上放弃，这种人怎么不被我看破手脚。哪个男人像你，每天秋子秋子，一天到晚的秋子。”

白琇小姐违反了她自己的承诺，今天晚上话多了。

那部车开走后，她脸上的愁闷这才忽然亮丽起来，没吃完就收掉了便当，还溜到吧台泡起了咖啡，手脚虽不利落，却像为了庆祝什么，咖啡端来的时候轻快地叫着，烫呀好烫呀，两只小腿飘在云里。

她还走到架子上打开音乐，转回来停在我的面前，用她从未有过的幽怨说："你慢慢等吧，我只想告诉你，就算看到了秋子，我也要把她藏起来。"

"你今天为什么一直说她？"

"因为无话可说。你把灾难丢给我父亲，现在又丢给我。"

"我不懂你的意思，白琇小姐。"

"抱我，"她突然依偎着趴上来，"你怎么对秋子，就那样对我。"

穿着洋装的身体，想要贴紧我的胸口，怕滑掉了似地颤抖着。

5

啊，白琇小姐，我真想哭。

我们各自背负着完全不同的遭遇，竟然还能这样深厚地拥抱着。

一个正常男人怎么禁得起如此激荡的情怀，倘若还要保持清醒的干净那就更无可能。然而我却像个不正常的男人那样地软弱着，除了拥抱，我不知道那样无谓的哭泣算不算是对你的回答。只能说，我想要让你了解，我的软弱和爱不爱无关，反而是因为我懂得爱，才会在你的面前紧急停下来。

任何的爱都有一个临界点，随便跨过去恐怕就会失去更多。

白琇小姐，你父亲身上就有一个随便跨越的例子，他原本是那么善良，可惜这辈子就因为一时的寂寞和贪婪，跨过了鸿沟才发现路是那么难走。秋子也跨越了，不幸的是，她竟然是为我跨越的，倘若当时她不急着替我筹钱，那么，就算你的父亲设下千万个陷阱，再怎么天真的秋子，也不会在那临界点上蒙着眼睛跳下去。

只能说，那个陷阱太过精致了，铺着花边的黑洞，充满着信任的深渊，我不敢想象平常那么胆小的秋子，掉下去的那一瞬间是多么恐惧，她的任何挣扎都让我心碎，让我觉得自己同时也被捆绑了那般。

在那手足无措的瞬间，遗憾的是我也来到一个临界点上，而且我也一时糊涂地越界了——我一直以为她所失去的都是我的，因而当她走出那天凌晨的房间时，我除了含着眼泪，并没有立即拦住她，以致从此失去了更多。

我看得见的都失去了，包括你也许不知道的信用贷款，那些歹徒得手后，我连一件可让银行查封的东西都没有，那笔钱一手来又一手去，多么像这个可笑人生中的一种戏谑，如同我小时候的梦想也是茫茫然破灭了那样。

然而在这滑稽的处境中，白琇小姐，你却让我战栗着了，你的怀抱是那么温暖，是那么一种快要让我无法克制的幸福的悲哀。“我可以这样吗？”那时的我是这么想的，我不仅没有回避，甚且偷偷地用力抱着呢，以至那种拥抱忽然充满着幸福的想象。我舍不得放手啊，你能穿越父亲的困顿而紧靠在我身上，多少使我讶异着人间竟然还有这样的爱情，我多么希望这种拥抱从小就有，从此过着没有秋子也一样幸福的人生。

可惜都来不及了。

我还是会在今后的任何角落等待着秋子，只因为有个故事还没跟她说完。有关一只羊的故事。原本我想把它送给我一直怀着敌意的父亲，没想到后来它被偷走了。结局其实就是这么简单。浓缩起来看，我的故事简直就是一只羊的故事罢了。男人的悲伤实在不该那么微小，可就因为太过微小，戳进了生命中反而永远拔不出来。

白琇小姐，秋子是我生命中的那只羊。

但我知道她不会来了。此刻的我正走在初冬的堤防上，芦苇已经白过头，一路白到了海边那样苍茫。我却不是为了看海而来，而是会在潮声汹涌的大转弯处跳下堤防，从那条便道穿越桥梁，然后往下走，走到镇中心那个天主教堂，那附近有个公园，你父亲那天的脚踏车就是从那里出发的，你们罗家就在公园后面的转角下。

白琇小姐，我来看一眼最后的樱花。

哪怕你家已经没有了樱花，我也已经没有秋子了啊。

因此，几分钟后，我将会来到你家门口，我不敲门，只看它最后一眼，让卑微的痛苦在这里找到埋藏之处。但是我有点紧张，我不知道要突破人生的困境为何如此艰难——如果这一瞬间我遇见了你的父亲，我是应该躲起来避免使他惊吓呢，还是不躲起来而任由自己悲哀地战栗着。

此刻的我已经跳下了堤岸，果然大转弯处的潮声最为凶猛，你父亲那天就是从桥梁那边转进来的，一路听着海潮音来的吧，停在咖啡店门口的时候是那么优雅地微笑着。他当然笑得出来，但真的有那么好听的海潮音吗，不过就是找不到沙滩的海浪罢了。

白琇小姐，今天中午我已经退掉了店租，所有的东西都送给屋主，傍晚就会搭车离开小镇，就像那棵樱花也离开了你家的院子那样。

我讨厌海。

爱的挽歌

陈芳明

王定国的小说非常古典，他所写出的人间感情，永远是那样执着、沉溺、哀伤。对于爱情的信仰，永远是那样执迷不悟；纵然面对人生的缺憾，那份爱往往徘徊不去。这种执念在台湾小说家中，可以说非常稀罕。世间的爱情可以写到如此相信的地步，甚至已经化为一种迷信。王定国从来都是百般珍惜，尝试用各种故事去描摹、去定义，甚至重新命名。他完成的两部短篇小说集，《那么热，那么冷》与《谁在暗中眨眼睛》，似乎为我们这个时代带来不少震撼。进入后现代的台湾社会，爱情开始产生变貌，并且流动于网络的虚拟世界里。但是，在他的短篇故事里，爱情总是被塑造得那么庄严而崇高，他所坚持的爱情价值，完全背对着庸俗的人间。

他的小说，从来不是以头、腰、尾的黄金结构来铺陈。整个小说叙述的过程，往往有太多的留白，在塑造人物的感情时，总是使用反白体的手法呈现出来。所谓“反白体”，便是并不直接进入故事核心，而是在人物的周边酿造气氛。有时不惜拉出毫不相干的情节，好像迷宫那样找不到出口，但是到达终点时，读者才觉得豁然开朗。留白或反白，在于创造丰富的想象空间，逗引着读者的某种意念或欲望，不时会带着高度好奇，最后终于发出惊叹。他惜字如金，每一个逗点或句点都有微言大义。往往故事攀爬到峰顶时，他便勇于切断，不再拖泥带水。这种决绝的手笔，总是让读者晾在那里，必须为自己过剩的情绪寻找自我排遣。千疮百孔的人生，最难参透的莫过于爱。王定国的笔锋之所以锐利，就在于他能够处理我们所熟悉的恩怨情仇，并且将之陌生化，使陈旧的故事再度翻新。

在两部短篇小说集的基础上，他终于为我们写出一部长篇小说《敌人的樱花》。有关情场与商场的故事，这是一个老掉牙的议题，稍微不慎，就有可能沦为言情小说。同样是俗不可耐的爱情，来到他的笔下，却点石成金。他的姿态相当矜持，他对诗意也相当坚持。因为是矜持，他从不给爱情一个明白的说法。因为是坚持，他在遣词用字时，简直就像写诗那样，一行一行罗列起来，放射出太多的联想。这是一个属于失妻记的故事，或是一个被骗失身的小说，这样的题材好像已经到了黔驴技穷的地步，王定国却开辟出一个新的格局。小说的开始其实就是结局，紧接下来的一切叙述，都在于解释生命的哀伤是如何形成的。

四个人物构成了张力相当饱满的爱情对决：我、秋子、罗毅明、罗白琇，形成了两个敌对的阵营。我与秋子是一对新婚夫妇，年老的富豪罗毅明夺走妻子，白琇是罗的女儿，似乎扮演着赎罪的角色。年轻夫妇的前景显然非常亮丽，他们拥有确切的目标与共同追求，两人希望有一天拥有一幢房屋可供栖身。但是生命道路却在最细微的地方出现岔口，从此爱情也跟着变质。最小的事物往往牵动着巨大的命运，我与秋子这一对新婚夫妻，购买了一个相当可爱的小嘴茶壶，却得到一个单眼相机的大奖。秋子从此沉溺于摄影技巧，岔路便因此而展开。她去选修摄影课程，负责义务教学的正是富豪罗毅明。这位在乡里获得尊敬的长者，最后竟横刀夺爱，使小说中的我，在一夜之间整个人生变得支离破碎。

故事里，我是一个奋发的青年，在建设公司里负责行销的创意设计。这种题材无疑就是王定国拿手的本行，从购地养地，一直到建设大楼、行销创意，各种眉角都在他的掌握之中。故事设定在九二一大地震之后，历经SARS的侵袭，使整个建筑业有了重新洗牌的机会。在最精彩的世纪之交，有多少小人物正要通过最残酷的考验。拥有善良心灵的秋子，为了追求更美好的生活，在花店工作之余，还特地去学习摄影。她看见自己的丈夫——我，在建设公司获得提拔并且也有机会投资入股时，她想尽办法去筹措贷款。在最迫切的时刻，秋子向罗毅明要求借贷，为的是让丈夫没有后顾之忧。如此善良的动机，却使罗毅明有了可乘之机。秋子失身之后，从此也宣告失踪。

王定国在处理故事时，从来不会交代细节。他擅长采取跳跃式的叙述，让出相当宽广的空间，容许读者自行填补更多的想象。在小镇拥有善行美誉的罗毅明，背后其实隐藏着相当深邃的黑暗面。他的德行获得肯定之际，他的良心谴责也就相形更加沉重。这种人格上的反差，点出了王定国用笔之幽微。在阳光下获得称赞越多的罗毅明，反而在内心幽暗处找不到任何救赎。而失去秋子的我，终于无法在建设公司里继续卖命，而选择到小镇的海边经营咖啡店。命运之神自有安排，让罗毅明无意之间走进咖啡店，却相当错愕，与店主的我不期而遇。在爱情的疆界里，他们是敌对的两个人。怀恨的我并未恶语相向，但罗毅明离开咖啡店后，便开始生病，终而企图跳楼自杀。

罗毅明的女儿罗白琇事后来造访咖啡店，似乎希望理出头绪，并且获得谅解。借由倒叙的记忆，秋子的行踪逐渐清晰起来。白琇带来两张罗家豪宅的照片，一张是樱花盛开的景象，一张是樱花全部遭到铲除的荒凉。整部小说的象征，在樱花的盛开与消亡之间获得诠释。灿烂的花开是罗毅明生命旺盛的暗示，也是秋子学习摄影时的主要景物。当樱花全部铲除，意味着秋子的失踪，同时也象征着罗毅明生命的终结。小说中的我写了一行字：“敌人在梦中歼灭，樱花在床头盛开。”整部小说既是失妻记，也是复仇记。在爱情里，从来没有人是胜利者。

故事最迷人之处，便是背德者罗毅明与爱妻秋子从来没有真正现身，而是透过主角我与罗白琇之间的对话，逐渐铺展而成。王定国擅长使用墨汁晕开的方式，让故事缓缓延伸出去。当他描述人物心情时，都是以衬托的手法彰显出来。当叙述者向白琇小姐说出这句话：“一个悲剧竟然是从喜悦中酝酿出来的”，似乎已经暗示人的命运从来无可躲避，注定即将发生的任何悲情或悲剧，没有人可以轻易获得庇护。纵然是明朗的天空也会投下阴影，而樱花的盛开，似乎也无法逃避凋萎的命运。王定国所使用的抒情语言，总是沾黏着难以拭去的哀伤。在他遣词用字之际，总是把读者的心情逼到一个角落，仿佛陷于一个困境，终于不能挣脱。

王定国借用反白体的叙述，穿插太多悬宕的过程。他并不说出完整的故事，总是在关键处引出一条迹线，任由读者去摸索。在第一章就已经出现这样的暗示："当然，在我们刚开始前往罗家或者海边的路上，什么事都还没有发生。如果那是一条歧路，也只是忽然出现的歧路而已，没有人知道它即将通往黑暗的幽林，何况沿途还有绮丽的风光，我们甚至为着迷人的景致而一路充满着欢喜。"福祸是如此相倚，命运是如此深不可测。阅读王定国的文字，不免沉溺在他迷人的抒情节奏里。但是，那终究是一首爱的挽歌，让我们深深被遗弃在无尽的悲伤里。

平反“写实”，平反“悲情”

杨 照

1

读王定国的长篇小说《敌人的樱花》，让我不禁想起他早年的杰作《宣读之日》，那篇小说里，也有一个自沉水底的父亲，也有一个因父亲的自杀决定而感到困惑及受伤的儿子。再一想，不只是《宣读之日》，同样那个时期，他还写过《君父的一日》，写儿子目睹父亲决定占有客人遗失的十万元现金的过程。

都是父亲，而且都是在儿子面前挫败了的父亲。

这个主题，对王定国具有特殊分量，应该也是理解王定国小说的一条重要线索，如果我们要理解的，不是他小说的写作技艺，而是支撑着他的小说，尤其支撑着他多年之后重返小说创作努力的根本关怀的话。

我们还是可以借助弗洛伊德的洞见来分析王定国小说中的父子主题。不过，我们看到的，是头下脚上颠倒过来的“俄狄浦斯情结”。崇拜着、惧怕着父亲权威的儿子，还来不及在人格中长养出“弑父”的勇气与能力，在他不预期、没有准备的情况下，应该被崇拜、被惧怕的父亲形象，突然就垮了，在他眼前无情地瓦解成一摊烂泥。

撑不到让儿子来克服的父亲形象。失败的、被打垮的父亲形象。当然，后面不言而喻的连带代价，更直接、更表面的代价，是失去了父亲保护与资助的儿子，被迫孤零零地提早应付外在的世界，各种外在的现实压力。

没有了弗洛伊德视之为必然的父亲权威，茫然失去了父亲的男孩，应该怎么办？早早就无父可弑，反而要承担父亲的挫折与失败，进而承担父亲的终极懦弱逃避决定的男孩，应该怎么办？站在土崩瓦解的父亲权威旁，他别无选择地认识了那足以打垮父亲，比父亲强大百倍千倍的力量。

那力量，一言以蔽之，是社会的现实、现实的社会。有着明确地位高低划分的社会，把一个父亲压得低低的，让他的儿子也抬不起头来。更严重更可怕的，是金钱，是财富，是对于金钱与财富的向往，足可以逼着一个父亲缴交出所有的自尊、自信，以及自己的生命。

不管他喜不喜欢，不管他要不要，王定国小说中的叙述者，早早就活在敌人的阴影下，对那打垮了他的父亲的力量，他该怎么办？

他应该要起而奋战抵抗？可是连他父亲都无能反抗而被残酷压垮了，一个甚至失去了父亲保护的男孩，要拿什么去抵抗，又如何期待可以在奋战中获得什么？不然，他就应该要投降输诚了？可是他明明就目睹了父亲失去自尊、自信的惨状，明明就留下了屈辱的痛苦，又要如何说服自己遗忘这一切，甘心站到敌人那边去？

2

较长的篇幅，让王定国可以在《敌人的樱花》中，更细腻也更全面地凝视、刻画这个人生难局。

小说中的叙述者一度以为自己找出了一条依违于反抗与投降的道路。跟随着“马达老板”，他进入了这套金钱、财富系统的核心处，可以正眼看见他们的运作，不再像父亲那样被抛掷在边缘，无助地被困死、被逼死。出门要开三辆车，充满了不安全的“马达老板”显现出了这套系统内部的脆弱，也拉平了叙述者和这个庞大系统间原有的巨大、绝对的不平等。

更重要的，他找到了秋子，找到了爱情，也就找到了一个看来不在这套现实系统统纳和控制中的元素。爱情最珍贵之处，正在于那完全没有现实理由的人与人真切的联系。暴雨突来的情况下，一群挤着躲雨的人群间，没有理由、没有任何现实理由存在的可能，一个女孩在雨棚下“突然主动往前靠了上去，然后伸出一只手，手是从她背后伸出来的，无缘无故朝我勾着小指头，很像一家人在外躲雨，再怎么样也要把我拢在一起似的。”

那一瞬间，没有家人的“我”虽然身体没有靠过去，但他的心、他的灵魂全面地朝那根小指躲了过去。“这小小的动作让我非常错愕，尽管不便靠上去，却有股冲动想要多知道一些，我体会不到她的想法是否和我一致，是那么陌生又善良，一下子把我其实已经孤单很久的心灵完全勾了出来。”

然而，他找到的这条路，远比他知道的、想象得到的来得曲折、狭窄、黯淡，而且在每一个看得见或看不见的转角处，都藏着一口口随时会让人掉进去的深井。

就在一个转角处，他在金钱、财富系统中的机会，和他的爱情交错了，原本看似纯然无害的生活细节——茶壶、单眼相机、竹笋的价钱、免费的摄影课以及，唉，越墙而来的樱花，竟然组构成一场足以将他的人生道路彻底掩埋的坍方。

当时将他父亲溺沉在水中的力量，那无所不在的现实力量，回来了。不理会他的努力与小心防备，那力量换上另一张父亲的脸孔出现，一个慈爱的、温暖的，违反了所有现实算计形象的代理父亲，让他和秋子靠了过去，一步一步接近那宿命般的坍方掩埋之处……

3

《敌人的樱花》更明确地显示了久别归来的王定国，其人其作的根本意义。在王定国笔下，两项长期以来在台湾小说界备受嘲弄的元素，获得了平反——一是“写实”，另一则是“悲情”。

王定国运用的，都是写实的笔法，没有魔幻、没有后设，甚至没有作者的暧昧评论，也没有复杂炫目的时空跳接。王定国这些长短不一，源源创造的作品，证明了“写实”仍然有其无可取代的叙述地位，而且和许多人率尔相信的说法不同——“写实”尚未穷尽其叙述作用上的种种可能，恐怕也永远不会穷尽。

在“写实”的朴实手法推进中，《敌人的樱花》成功地制造出了高度的悬疑感，成功地将好几线在不同时空进行的故事，交错却不紊乱地在读者眼前次第展开，现场、回忆、重叙的故事，彼此交叠、互相感染，却绝对不困惑、不挑战读者的阅读常识准备。

也是在“写实”的手法中，王定国写出了一个个让人能理解也能感应的角色。不只是叙述者和他深爱的秋子，那身陷家族喜闹剧中的“马达老板”也吸走了我们许多的注意与关切。甚至是那以鬼魅形影出场的“白琇小姐”，我们也都在一边感谢她代为逼问出叙述者身份的同时，准备好了要接受其在小说结尾处的崩溃。还有那原本应该扮演加害者角色的罗毅明，却从头到尾没有表现过任何狰狞的神色，反而是惶然败退，失去了强者的地位，也失去了强者的依恃。

因为王定国没有要我们恨他。放在今天的台湾小说中显得如此稀有、特别，王定国的小说中几乎没有愤怒、没有暴烈发泄。他要写的，他要我们看到的，不是罗毅明，而是那更广大的现实，那驱使每个人在金钱与权力中错乱的系统。而即便面对现实与系统，王定国的态度，仍然不是热情控诉、热血批判，而是无尽涌动的悲伤与哀怜。

这是不折不扣的“悲情”，而且是不折不扣的“台湾悲情”。就在大家认为以“悲情”来呈现台湾已经如此俗滥，王定国却坚持“悲情”立场，而且坚持找到了让我们无法抗拒、无法否认“悲情”的文学笔法。和面对“写实”一样，王定国也安安静静，不敲锣不打鼓，单纯只是用复出后写的三本小说，就证明了“悲情”并没有被写尽，对于被现实逼在窒息边缘的人，我们知道的和认识的，都远远不够。

写实、悲情的王定国，接上了台湾曾经发光发热的“乡土文学”传统。他成功地在人与生活与历史都离开了农村，土地用途由农业生产转化为建设开发时，将写实之眼、悲情之心投注到了都市与商业领域。那当然已经不再是“乡土文学”了，但那份对被财富与权力伤害的人的关注，那份以写实传递悲情，让更多人透见现实伤害与毁坏的决心，穿越了三十年的时空，保留在王定国的最新作品中，靠着他的坚持，在部分读者心中捡回了写实的信念，更捡回了高贵的悲情之光。

一只羊与马林鱼

赖香吟

如果还没有准备好，我们可以不要开始。

偏偏，人生诸多事态总是来不及准备，准备也未必周全，人的愚蠢，甚至不知要准备，事端的起头通常那么微小，出乎意外的转折忽然来临，我们只好称呼为："命运。"

不久之前在短篇小说集里，人物还说得狂妄："要改变命运就要赌一把"，来到《敌人的樱花》，短篇里经常赌一把的王定国，进入长篇似乎不赌了，在命运垂手可以改变之际，降下身来与人物一同随命运摆布，迎前或向后，看命运沿着怎样的路径而来？看一个人，在命运翻弄之间，能努力什么？剩下什么？

《敌人的樱花》角色似曾相识，可说他们是王定国前作的综合体和续版，建设公司、广告业务经历，为江湖老板包装形象的特助角色，戏剧性的流标、绑架事件等皆为背景，不过，相比于短篇的机智精巧，“敌人”有那么点素面相见，好不容易来到家里对杯长谈的一个午后，说了一曲青春之恋，一段命运之海载浮载沉的过程，甚至，老梗新插，提起《老人与海》，海明威的金句：人可以被摧毁，不能被击倒。

我不是很愿意将一篇作品简单定义于特定主题，阅读王定国小说，重点与乐趣也不在这里。不过，若说王定国小说擅长写摧毁，应该可以成立，其中，挺住摧毁的坚韧往往来自记忆底层的敌意与激情，不过，另一个角度，真正击倒自我，往往也是来自记忆里的屈辱与恐惧。

几个关键字：敌意与激情、屈辱与恐惧，依然绕着这本书打转。人的一生，难免执迷不悟于几个过不去的人物、一些无法忘记的噩梦、屡屡走不出来的纠结，文学作品更常见这些执迷的重复。重复，放在现实生活未必是件好事，放进艺术却可能形成风格，作家一生迷雾穿梭、搏斗、胜负与完成，寂寞而残忍成就了我们读到的小说，作为读者，说来竟可自私希望作家有过不去的死结，惩罚他们如西西弗斯反复对着几块生命的石头，琢磨出不可思议的色泽与图纹。

相对于魔术表演般的短篇，这部长篇看起来图纹比较具象，没在假借、转注能力上为难我们太多，直接指事、叙事，看人论事亦多些余地。这余地一方面是长篇体裁所带来，一方面或是两部小说喷发在前，这休眠多年的火山，于新作陆续释放的似是一种深层且更大范围的余热，过去诸多缠绕情结，在《敌人的樱花》中汇整，有溯源也有清算，永恒的女主角登场频繁，有了相对清楚的面貌，不过，却也一夕之间无踪无迹，换来一个作为听者的配角白琇小姐，对自我放逐的主述者，抖开美丽的印染布，仿佛要施展神秘而温柔的魔法：“我一定要想办法唤醒你的灵魂。”

灵魂是什么？这是大哉问了，不如回头看看我们从哪里起始就弄丢了灵魂。白琇小姐的魔法布，是王定国小说里熟悉的天涯沦落人的温暖，未必与爱相关的垂怜，经由这魔法，故事难得从童年娓娓道来，“我已经穿好了鞋子，你来把我唤醒吧，因为我就要出发了”，走上悲喜交织的人生，那是从一只羊开始盼望的，不，说盼望是过于柔美了，应该说，因为不幸而怀着敌意，非得努力挣来一个幸福人生不可，如同盼望一只羊的长大，每天给它喂喂食，夜里跟它说说话，羊会长大，幸福也会来，幸福之于我是可能的。

“我想把它送给我一直怀着敌意的父亲，没想到后来它被偷走了。”

不够成功，不够光彩，也不够悲惨。童稚的激情是强烈的，却在中途被偷走了，接下来的人生还那么长。悲伤尽管微小也还是悲伤，有时，反因为它的细微，而更难利落拔出来。

主述者说：“白琇小姐，秋子是我生命中的那只羊。”

秋子，是这篇故事里的女主角。王定国小说总不缺少一个天真无垢的女子，伸出援手拉起主述者的生命。秋子纯净良善宛若天生，说话有着一种“小麻雀的单音”，人间尘埃连她的脸颊都沾不了，遑论她的心。这样的女性原型，反复出现于王定国各篇小说，使生命如春雨丰润，可人生与爱毕竟也是大自然，随之而来或有爆裂的夏季、荒收的秋季，以及尽头迢遥的冬季。

最深的爱里，总埋藏着最深的恐惧。

即使是在最饱满的情感描写里，关于无常以及背叛的阴影，挥之不去地在王定国的小说里反复纠缠。混杂着阶级差异，纯美但无善果的遥远初恋，老是过不去，现下家居日常又埋藏害怕的种子。提一段过去的描述为例（出自短篇小说《某某》）：

> 日常床第间摸索求欢的一只手，被冰冷以待的同时，勾起童年卖馒头的困穷记忆，因为太珍惜呵护蒸笼里的热馒头，以至于舍不得掀开白布，而把自己的手伸进去好谨慎摸了个热腾腾的馒头出来……
>
> 客人却把馒头拍到地上："我还敢吃吗？你用这只脏手。"
>
> "有了那样的屈辱，后来只要遇到任何挫折，总会想起自己的手是不是又弄脏了呢？"

玛德莲小蛋糕可以唤起幸福记忆，但也有这样的热馒头，挥之不去想起了屈辱。

王定国的小说最常在这种无心而柔软的受辱时刻，使我们败下阵来，于无声处听惊雷。各个角色，即便如何磨炼、伪装成不受伤害、难以识破的社会成人，可内心依旧是那个贫穷与孤独紧紧跟随的小男孩，要打倒他只消一点点细碎记忆，一时半刻的善良、纯净的爱，他便心甘情愿成为情感关系里的人质，初心不改呵护所有，也因此，生命便有了不堪一击的柔软之处。《敌人的樱花》中的主述者，怎样的穷困与工作都能承受，但当秋子一消失，便如同玩偶断了线，失序成为一个消极等待的人。

若非有敌人，他的生命不能凝聚起来。卑微者，有时连把对手当敌人的勇气也不见得有，阶级与权势从背上紧紧压着，使他觉得受辱也应然，倘若阶级与权势还包裹着品味或道德的糖衣，那是叫人更加自惭形秽。若非在关键时刻目睹了对手的怯弱与伪善，自我不可能反扑，生出了“我怎么可以不活下来”的意志。

因而，在昔日戏言若有一日谁抛弃了谁就来此地苦苦等候之地，有了间百无聊赖的咖啡馆，等什么？等秋子，等一个清白，等一个道歉？这些都太虚妄了，虚妄到世间怀疑你若非失常便是心怀不轨，然而，一个人的虚妄偏偏就是这么重要，以至于没有等到人生是很难回航的。

白琇小姐取笑他：“哪个男人像你，每天秋子秋子，一天到晚的秋子。”

偏偏，王定国就是如此，这个“秋子”可以替换成为任何一篇小说的女主角，或是，彻底替换成“文学”。

用个可笑的譬喻，秋子或许是那尾马林鱼，“谁也不配吃它。”

敌人也可能是那尾马林鱼，《老人与海》里，关于疼痛是这样写的：“我的疼痛不要紧。我能控制。但是它的疼痛能使它发疯。”

或者，最根本的说法，文评家早说破了：马林鱼就是我们的人生。

鱼很大，非常大，回航的鱼骨头证明了这确实是场苦战，至于谁是真正的胜利者，难以论断。

秋子，我们永恒的女主角，说甜美些，是那只被偷走的羊，说壮烈些，是被鲨鱼啃光的马林鱼，过去所有的故事，读起来，都像是围绕着秋子说也说不完的故事，现在，故事说完了吗？不说了吗？这本小说，读到后来，我起了点怅然，当敌与美皆不复存在，反抗（即使是虚妄）的意义还会继续下去吗？我们的小说家可以过着没有女主角也同样可以幸福（写作）的人生吗？

作家的执迷虚妄，西西弗斯之巨石，当作家一念之间，决定放手，读者我们是否还能自私期待他继续原地劳动？读完此作，我隐隐然忧虑王定国是否又要让我们等上几年（我太希望自己的预感是错了）？一山还有一山，王定国下一个高度会到哪里？所谓后火山作用，指的是火山爆发后的岩浆地热，可能改变地质，创造新土，王定国的新土，有什么新芽正在生长呢？

《敌人的樱花》里，有个由小女孩变成大人的白琇小姐，《老人与海》里，有个真心为老人疼痛流泪的男孩，即使老人运气背到不能再背，他还是不肯离弃他。作者在书中写到白琇小姐，难免故作滑稽甚至带着取笑，但若有读者作为那个男孩，或是写作最大的报偿。

因此，我是愿意等待的，如同男孩守护搏斗归来的老人，帮他取来咖啡与食物，让他好好睡一觉，让他梦见狮子，然后，对他说：那条鱼可没有打败你；我们又可以一起钓鱼了；我还有好多东西要学，你可以把什么都教给我……

补白

初安民

1

那时，我离开了前一个职场，转进到新创的公司，加会计共有四个人。草创的痛苦煎熬与炎凉的世俗人情，远远比我想象的更加剧烈。

他专程来看我。在一个阳光普照的下午几近黄昏时刻，啜完咖啡后，我们与另一位从事政治工作的好友，相约在中山北路条通间的一家日式料理店，浅饮着清酒与啤酒。烟雾袅袅时刻，酒意与饱满的愁绪渐渐浮上心头，但他细细地躲开了敏感话语而传达了他对我的关心。

我们一直喝到很晚，显然他有意当夜泊宿台北。送他进房间时，我们继续着没有打烊的话题。忽然，他缓缓地自行从囊中拿出一叠文稿。“是小说，没错。”这小说是自他前一篇小说完成后间隔了许多年后的新作。

翌日。满怀感激的心情细细阅读了这部作品。文字与意境依然有着他往昔般纤细如丝质的凝练和沉稳，他“撤退”式的感情描摹，动人异常。铺陈的情结转折处，仿佛可以窥见他是为了支持我而“提前”完成了这篇小说。而我倚仗与他的友好与熟稔，在电话中一一指陈了其中一些细节。他“喔、喔。”的应对着。约莫半年后，这部短篇小说问世，是我执编他《美丽苍茫》出版社的同一媒体，相隔已三年。

他是我的忧郁。

我看到此册书时，才恍然于自己粗糙的“指陈”，可能引发了他的不悦或是无法苟同，但他始终不曾有过不悦的话语，只是默默行动了他的美学。

他与我往来的日子依然冗长，没有中断，但很少留宿台北，再也不曾得见新作出现。

2

村上春树在一篇短文《柔软的灵魂》中说：“田村卡夫卡以孤立无援的状态离家出走，走进粗暴的成人世界去，而且在那里有要伤害他的力量。那有的是现实的力量，有的是从超出现实的地方来的力量。但在这同时也有很多人想救他的灵魂。或结果救了他。他被流放到世界的尽头，并以自己的力量转回来。回来时，他已经不是以前的他了。他已迈向下一个阶段。”

他给我的印象，似乎亦复如是。

他一直给我流放的感觉。流放于童年、流放于人群、流放于一栋一栋矗立的水泥森林，终极流放于岁月。而抵达一处无名深夜的驿站时，他总是毅力超人的寻觅到曙光所在的出口，然后号啕大哭，因为“他正迈向下一个阶段”。

现实与超出现实的力量，往往是惘惘存在却又无声无息，他的塑胶灵魂，通常冷冽拒人千里之外，剩下未曾溶解的一亩肉身，不是被救赎，是辗过。然后翻身而起，持续走着他既定的航程，轨道都是多余，如同他有时总是身着西装般的风衣，风衣般的西装，在渐渐寒冷的季节。村上继续说：“所有的人一辈子都在寻找某一种重要的东西，但能找到的人不多。而且即使幸运地能找到，实际上被找到的东西，往往已经致命性地被损坏了。虽然如此，我们还是不得不继续寻找。因为如果不这样的话，活着本身也会失去意义。”

多年后，他找到了吗？他拔地而起，箭矢般的笔射出精准的剑痕。

满地都是痛，不堪的痛。

3

两个方形连在一起，就是长方形了。

他住在打通隔间（也许根本就不必打通，因为当初设计时，就注定是双并的长方形）的顶楼。暗沉的色系中，几盏微弱卤素灯抵不过落地窗外筛射进来的亮丽阳光，些许涩苦甘醇的乌龙茶汁，瞬时漫延开来，茶褐色与蓝紫灰，不见繁华，仿如他惯常的衣着，如果不是移动，几乎可以溶隐于墙面或者家俬中。

自落地窗往外望去，路巷通衢熙来攘往着人群车辆，却寂寥模糊起来，如果天天这样往外望，李商隐“高阁客竟去，小园花乱飞”的情景心绪，是不是也会一一浮起？

而房间不少，不晓得该打开哪扇房间的门来参观，索性只是远远扫描般回转着身躯，算是礼貌吧。稍后，被主人引导至他的书房。他的书房也是冷清零落着不多的书籍，书桌也不算大，适合一人独处。在他的书房，我定定对他说：

“你不可能再写作了。”

“如果你能写一篇小说，我就摆一桌请客。”

“如果你写几篇，我就摆几桌。”

他：“……”

很快。

很快他开始了小说作业，不过半年时间，他山洪暴发式地完成了五篇小说。这一次，我又细细阅读他的作品，吃惊于他饱满淋漓的人生况味，现时，几乎很少人写这类小说了。他圆熟地跳过了流派的纷器，以不合时尚的衣裳，整齐、干净、真淳地穿越了湍急峡谷，安然抵达仍然争鸣喋喋的花圃。

“喏，这是我，这是我执意剪裁的时装。”仿佛听见他这样说。

两个一百八十度，是否就是圆形，我不知道。

但一定是三百六十度。

4

也许，我们都有一个不快乐的童年，他甚至比我更不快乐，这是他与我相处以来，唯一的共同点，除此之外，我们的命运是全然在不同的航路匍匐。

我们看不见黑暗，因为我们就在黑暗里。

我们各自提着一盏灯，能够照亮的，只是眼前幽微的咫尺方寸，再远一点的地方，都是遥远的前方，无从寻觅。满山遍野的樱花，都是敌人的版图。春天来临时，我们能允诺每一片樱花瓣不再哀愁吗？

图书在版编目（CIP）数据
敌人的樱花 /王定国著. —南京：译林出版社，
2018.3（2018.8重印）
（王定国作品）
ISBN 978-7-5447-7260-0

I.①敌… II.①王… III.①长篇小说－中国－当代
IV.①I247.5

中国版本图书馆 CIP 数据核字（2017）第 330013 号

敌人的樱花
作者：王定国
本书版权经由印刻文学生活杂志出版有限公司授权译林出版社出版

著作权合同登记号 图字：10-2016-187 号

敌人的樱花 王定国／著

责任编辑 周 璇
装帧设计 任凌云
校 对 梅 娟
责任印制 颜 亮

原文出版 INK印刻文学
出版发行 译林出版社
地 址 南京市湖南路 1 号 A 楼
邮 箱 yilin@yilin.com
网 址 www.yilin.com
市场热线 025-86633278
排 版 南京展望文化发展有限公司
印 刷 恒美印务（广州）有限公司
开 本 880 毫米 ×1240 毫米 1/32
印 张 6.625
插 页 4
版 次 2018 年 3 月第 1 版 2018 年 8 月第 2 次印刷
书 号 ISBN 978-7-5447-7260-0
定 价 48.00 元